愛自己 一切都是自由的

蕭紅——著

只願蓬勃生活在此刻，蕭紅筆下的愛與自我

「那樣風雨的夜，那樣忽寒忽熱、獨自幻想著的夜。」

世事瘡痍，要懂得愛自己

她的作品不僅是對人生的記錄，更是對生命本質的探索

目錄

目錄

三 忠於自己，要走自己的路

四 只願蓬勃生活在此刻

目錄

一　世事瘡痍，要懂得愛自己

小黑狗

像從前一樣，大狗是睡在門前的木臺上。望著這兩隻狗我沉默著。我自己知道又是想起我的小黑狗來了。

前兩個月的一天早晨，我去倒髒水。在房後的角落處，房東的使女小鈺蹲在那裡。她的黃頭髮毛著，我記得清清的，她的衣扣還開著。我看見的是她的背面，所以我不能預測這是發生了什麼！

我斟酌著我的聲音，還不等我向她問，她的手已在顫抖，唔！她顫抖的小手上有個小狗在閉著眼睛，我問：「哪裡來的？」

「你來看吧！」

她說著，我只看她毛蓬的頭髮搖了一下，手上又是一個小狗在閉著眼睛。

不僅一個兩個，不能辨清是幾個，簡直是一小堆。我也和孩子一樣，和小鈺一樣歡喜著跑進屋去，在床邊拉他的手：「平森……啊……喔喔……」

我的鞋底在地板上響，但我沒說出一個字來，我的嘴廢物似的啊喔著。他的眼睛瞪住，和我一樣，我是為了歡喜，他是為了驚愕。最後我告訴了他，是房東的大狗生了小狗。

過了四天，別的一隻母狗也生了小狗。

以後小狗都睜開眼睛了。我們天天玩著牠們，又給小狗搬了個家，把牠們都裝進木箱裡。

爭吵就是這天發生的：小鈺看見老狗把小狗吃掉一隻，怕那隻老狗把牠的小狗完全吃掉，所以不同意小狗和那個老狗同居，大家就搶奪著把餘下的三個小狗也給裝進木箱去，算是那隻白花狗生的。

那個毛褪得稀疏、骨骼突露，瘦得龍樣似的老狗，追上來。白花狗仗著年輕不懼敵，哼吐著開仗的聲音。平時這兩條狗從不咬架，就連咬人也不會。現在凶殘極了。就像兩條小熊在咬架一樣。房東的男兒、女兒、聽差、使女，又加我們兩個，此時都沒有用了。

不能使兩個狗分開。兩個狗滿院瘋狂地拖跑。人也瘋狂著。在人們吵鬧的聲音裡，老狗的乳頭脫掉一個，含在白花狗的嘴裡。

人們算是把狗打開了。老狗再追去時，白花狗已經把乳頭吐到地上，跳進木箱看護牠的一群小狗去了。

脫掉乳頭的老狗，血流著，痛得滿院轉走。木箱裡牠的三個小狗卻擁擠著不是自己的媽媽，在安然地吃奶。

有一天，把個小狗抱進屋來放在桌上，牠害怕，不能邁步，全身有些顫，我笑著像是得意，說：「平森，看小狗啊！」

他卻相反，說道：「哼！現在覺得小狗好玩，長大要餓死的時候，就無人管了。」

這話間接的可以了解。我笑著的臉被這話毀壞了，用我寞寞的手，把小狗送了出去。

我心裡有些不願意，不願意小狗將來餓死。可是我卻沒有說什麼，面向後窗，我看望後窗外的空地。這塊空地沒有陽光照過，四面立著的是有產階級的高樓，幾乎是和陽光絕了緣。不知什麼時候，小狗是腐了，亂了，擠在木板下，左近有蒼蠅飛著。我的心情完全神經質下去，好像躺在木板下的小狗就是我自己，像聽著蒼蠅在自己已死的屍體上尋食一樣。

平森走過來，我怕又要證實他方才的話。我假裝無事，可是他已經看見那個小狗了。

我怕他又要象徵著說什麼，可是他已經說了：「一個小狗死在這沒有陽光的地方，你覺得可憐嗎？年老的叫化子不能尋食，死在陰溝裡，或是黑暗的街道上；女人、孩子，就是年輕人失了業的時候也是一樣。」

我願意哭出來，但我不能因為人都說女人一哭就算了事，我不願意了事。可是慢慢的我終於哭了！他說：「悄悄，你要哭嗎？這是平常的事，凍死，餓死，黑暗死，每天都有這樣的事情，把持住自己。渡我們的橋梁吧，小孩子！」

我怕著羞，把眼淚拭乾了，但，終日我是心情寞寞。

過了些日子，十二個小狗之中又少了兩個。但是剩下的這些更可愛了。會搖尾巴，會學著大狗叫，跑起來在院子就是一小群。有時門口來了生人，牠們也跟著大狗跑去，並不咬，只是搖著尾巴，就像和生人要好似的，這或是小狗還不曉得牠們的責任，還不曉得保護主人的財產。

天井中納涼的軟椅上，房東太太吸著菸。她開始說家常話了。結果又說到了小狗：「這一大群什麼用也沒有，一個好看的也沒有，過幾天把牠們遠遠地送到馬路上去。秋天又要有一群，厭死人了！」

坐在軟椅旁邊的是個六十多歲的老更倌。眼花著，有主意的嘴結結巴巴地說：「明明……天，用麻……袋背送到大江去……」小鈺是個小孩子，她說：「不用送大江，慢慢都會送出去。」

小狗滿院跑跳。我最願意看的是牠們睡覺，多是一個壓著一個脖子睡，小圓肚一個個地相擠著。是凡來了熟人的時候都是往外介紹，生得好看一點的抱走了幾個。

其中有一個耳朵最大，肚子最圓的小黑狗，算是我的了。我們的朋友用小提籃帶回去兩個，剩下的只有一個小黑狗和一個小黃狗。老狗對牠兩個非常珍惜起來，爭著給小狗去舐絨毛。這時候，小狗在院子裡已經不成群了。

我從街上回來，打開窗子。我讀一本小說。那個小黃狗撓著窗紗，和我玩笑似的豎起身子來撓了又撓。

我想：「怎麼幾天沒有見到小黑狗呢？」

我喊來了小鈺。別的同院住的人都出來了，找遍全院，不見我的小黑狗。馬路上也沒有可愛的小黑狗，再也看不見牠的大耳朵了！牠忽然是失了蹤！

又過三天，小黃狗也被人拿走了。

沒有媽媽的小鈺向我說：「大狗一聽隔院的小狗叫，牠就想起牠的孩子。可是滿院急尋，上樓頂去張望。最終一個都不見，牠哽哽地叫呢！」

十三個小狗一個不見了！和兩個月以前一樣，大狗是孤獨地睡在木臺上。

平森的小腳，鴿子形的小腳，棲在床單上，他是睡了。我在寫，我在想，玻璃窗上的三個蒼蠅在飛……

歐羅巴旅館

樓梯是那樣長，好像讓我順著一條小道爬上天頂。其實只是三層樓，也實在無力了。手扶著樓欄，努力拔著兩條顫顫的，不屬於我的腿，升上幾步，手也開始和腿一般顫。

等我走進那個房間的時候，和受辱的孩子似的偎上床去，用袖口慢慢擦著臉。他——郎華，我的情人，那時候他還是我的情人，他問我了：「你哭了嗎？」

「為什麼哭呢？我擦的是汗呀，不是眼淚呀！」

不知是幾分鐘過後，我才發現這個房間是如此的白，棚頂是斜坡的棚頂，除了一張床，地下有一張桌子，一圍籐椅。離開床沿用不到兩步可以摸到桌子和椅子。開門時，那更方便，一張門扇躺在床上可以打開。住在這白色的小室，我好像住在幔帳中一般。

我口渴，我說：「我應該喝一點水吧！」

他要為我倒水時，他非常著慌，兩條眉毛好像要連接起來，在鼻子的上端扭動了好幾下：「怎樣喝呢？用什麼喝？」

桌子上除了一塊潔白的桌布，乾淨得連灰塵都不存在。

我有點昏迷，躺在床上聽他和茶房在過道說了些時，又聽到門響，他來到床邊。我想他一定舉著杯子在床邊，卻不，他的手兩面卻分張著：「用什麼喝？可以吧？用臉盆來喝吧！」他去拿籐椅上放著才帶來的臉盆時，毛巾下面刷牙缸被他發現，於是拿著刷牙缸走去。旅館的過道是那樣寂靜，我聽他踏著地板來了。

正在喝著水，一隻手指抵在白床單上，我用發顫的手指撫來撫去。他說：「你躺下吧！太累了。」

我躺下也是用手指撫來撫去，床單有突起的花紋，並且白得有些閃我的眼睛，心想：不錯的，自己正是沒有床單。我心想的話他卻說出了！

「我想我們是要睡空床板的，現在連枕頭都有。」說著，他拍打我枕在頭下的枕頭。

「咯咯——」有人打門，進來一個高大的俄國女茶房，身後又進來一個中國茶房：「也租鋪蓋嗎？」

「租的。」

「五角錢一天。」

「不租。」「不租。」我也說不租，郎華也說不租。

那女人動手去收拾：軟枕、床單，就連桌布她也從桌子扯下去。床單夾在她的腋下。

一切都夾在她的腋下。一秒鐘，這潔白的小室跟隨她花色的包頭巾一同消失去。

我雖然是腿顫，雖然肚子餓得那樣空，我也要站起來，打開柳條箱去拿自己的被子。

小室被劫了一樣，床上一張腫脹的草褥赤現在那裡，破木桌一些黑點和白圈顯露出來，大籐椅也好像跟著變了顏色。

晚飯以前，我們就在草褥上吻著抱著過的。

晚飯就在桌子上擺著，黑「列巴」和白鹽。

晚飯以後，事件就開始了：

開門進來三四個人，黑衣裳，掛著槍，掛著刀。進來先拿住郎華的兩臂，他正赤著胸膛在洗臉，兩手還是溼著。他們那些人，把箱子弄開，翻揚了一陣：「旅館報告你帶槍，沒帶嗎？」那個掛刀的人問。隨後那人在床下扒得了一個長紙卷，裡面捲的是一支劍。他打開，抖著劍柄的紅穗頭：「你哪裡來的這個？」

停在門口那個去報告的俄國管事，揮著手，急得漲紅了臉。

警察要帶郎華到局子裡去。他也預備跟他們去，嘴裡不住地說：「為什麼單獨用這種方式檢查我？妨礙我？」

最後警察溫和下來，他的兩臂被放開，可是他忘記了穿衣裳，他溼水的手也乾了。

原因日間那白俄來取房錢，一日兩元，一月六十元。我們只有五元錢。馬車錢來時去掉五角。那白俄說：「你的房錢，給！」他好像知道我們沒有錢似的，他好像是很著忙，怕是我們跑走一樣。他拿到手中兩元票子又說：「六十元一月，明天給！」原來包租一月三十元，為了松花江漲水才有這樣的房價。如此，他搖手瞪眼地說：「你的明天搬走，你的明天走！」

郎華說：「不走，不走……」

「不走不行，我是經理。」

郎華從床下取出劍來，指著白俄：「你快給我走開，不然，我宰了你。」

他慌張著跑出去了，去報告警察，說我們帶著凶器，其實劍裹在紙裡，那人以為是大槍，而不知是一支劍。

結果警察帶劍走了，他說：「日本憲兵若是發現你有劍，那你非吃虧不可，了不得的，說你是大刀會。我替你寄存一夜，明天你來取。」

警察走了以後，閉了燈，鎖上門，街燈的光亮從小窗口跑下來，淒淒淡淡的，我們睡了。在睡中不住想：警察是中國人，倒比日本憲兵強得多啊！

天明了，是第二天，從朋友處被逐出來是第二天了。

雪天

我直直是睡了一個整天，這使我不能再睡。小屋子漸漸從灰色變作黑色。睡得背很痛，肩也很痛，並且也餓了。我下床開了燈，在床沿坐了坐，到椅子上坐了坐，扒一扒頭髮，揉擦兩下眼睛，心中感到幽長和無底，好像把我放下一個煤洞去，並且沒有燈籠，使我一個人走沉下去。屋子雖然小，在我覺得和一個荒涼的廣場樣，屋子牆壁離我比天還遠，那是說一切不和我發生關係；那是說我的肚子太空了！

一切街車街聲在小窗外鬧著。可是三層樓的過道非常寂靜。每走過一個人，我留意他的腳步聲，那是非常響亮的，硬底皮鞋踏過去，女人的高跟鞋更響亮而且焦急，有時成群的響聲，男男女女穿插著過了一陣。我聽遍了過道上一切引誘我的聲音，可是不用開門看，我知道郎華還沒回來。

小窗那樣高，囚犯住的屋子一般，我仰起頭來，看見那一些紛飛的雪花從天空忙亂地跌落，有的也打在玻璃窗片上，即刻就消融了，變成水珠滾動爬行著，玻璃窗被它畫成沒有意義、無組織的條紋。

我想：雪花為什麼要翩飛呢？多麼沒有意義！忽然我又想：我不也是和雪花一般沒有意義嗎？坐在椅子裡，兩手空著，什麼也不做；口張著，可是什麼也不吃。我十分和一架完全停止了的機器相像。

過道一響，我的心就非常跳，那該不是郎華的腳步？一種穿軟底鞋的聲音，嚓嚓來近門口，我彷彿是跳起來，我心害怕：他凍得可憐了吧？他沒有帶回麵包來吧？

開門看時，茶房站在那裡：「包夜飯嗎？」

「多少錢？」

「每份六角。包月十五元。」

「……」我一點都不遲疑地搖著頭，怕是他把飯送進來強迫我吃似的，怕他強迫向我要錢似的。茶房走出，門又嚴肅地關起來。一切別的房中的笑聲，飯菜的香氣都斷絕了，就這樣用一道門，我與人間隔離著。

一直到郎華回來，他的膠皮底鞋擦在門檻，我才止住幻想。茶房手上的托盤，盛著肉餅、炸黃的蕃薯、切成大片有彈力的麵包……

郎華的袷衣上那樣溼了，已溼的褲管拖著泥。鞋底通了孔，使得襪也溼了。

他上床暖一暖，腳伸在被子外面，我給他用一張破布擦著腳上冰涼的黑圈。

當他問我時，他和呆人一般，直直的腰也不彎：「餓了吧？」

我幾乎是哭了。我說：「不餓。」為了低頭，我的臉幾乎接觸到他冰涼的腳掌。

他的衣服完全溼透，所以我到馬路旁去買饅頭。就在光身的木桌上，刷牙缸冒著氣，刷牙缸伴著我們把饅頭吃完。饅頭既然吃完，桌上的銅板也要被吃掉似的。他問我：「夠不夠？」

我說：「夠了。」我問他：「夠不夠？」

他也說：「夠了。」

隔壁的手風琴唱起來，它唱的是生活的痛苦嗎？手風琴淒淒涼涼地唱呀！

登上桌子，把小窗打開。這小窗是通過人間的孔道：樓頂、煙囪，飛著雪沉重而濃黑的天空，路燈、警察、街車、小販、乞丐，一切顯現在這小孔道，繁繁忙忙的市街發著響。

隔壁的手風琴在我們耳裡不存在了。

他去追求職業

他是一條受凍受餓的犬呀！

在樓梯盡端，在過道的那邊，他著溼的帽子被牆角隔住，他著溼的鞋子踏過發光的地板，一個一個排著腳腫的印泥。

這還是清早，過道的光線還不充足。可是有的房間門上已經掛好「列巴圈」了！送牛奶的人，輕輕帶著白色的、發熱的瓶子，排在房間的門外。這非常引誘我，好像我已嗅到「列巴圈」的麥香，好像那成串肥胖的圓形的點心，已經掛在我的鼻頭了。幾天沒有飽食，我是怎樣的需要啊！胃口在胸膛裡面收縮，沒有錢買，讓那「列巴圈」們白白在虐待我。

過道漸漸響起來。他們呼喚著茶房，關門開門，倒臉水。外國女人清早便高聲說笑。可是我的小室，沒有光線，連灰塵都看不見飛揚，靜得桌子在牆角欲睡了，籐椅在地板上伴著桌子睡，靜得棚頂和天空一般高，一切離得我遠遠的，一切都厭煩我。

下午，郎華還不回來。我到過道口站了好幾次。外國女人紅色的襪子，藍色的裙子……

一張張笑著的驕傲的臉龐，走下樓梯，她們的高跟鞋打得樓梯清脆發響。圓胖而生著大鬍子的男人，那樣不相稱地捉著長耳環、黑臉的和小雞一般瘦小的「吉普賽」女人上樓來。茶房在前面去給打開一個房間，長時間以後，又上來一群外國孩子，他們嘴上嗑著瓜子兒，多冰的鞋底在過道上劈劈啪啪地留下痕跡過去了。

看遍了這些人，郎華總是不回來。我開始打旋子，經過每個房間，輕輕蕩來踱去，別人已當我是個偷兒，或是討乞的老婆，但我自己並不感覺。仍是帶著我蒼白的臉，褪了色的藍布寬大的單衫踱蕩著。

忽然樓梯口跑上兩個一般高的外國姑娘。

「啊呀！」指點著向我說：「你的……真好看！」

另一個樣子像是為了我倒退了一步，並且那兩個不住翻著衣襟給我看：「你的……真好看！」

我沒有理她們。心想：她們帽子上有水滴，不是又落雪？

跑回房間，看一看窗子究竟落雪不？郎華是穿著昨晚潮溼的衣裳走的。一開窗，雪花便滿窗倒傾下來。

郎華回來，他的帽沿滴著水，我接過來帽子，問他：「外面上凍了嗎？」

他把褲口擺給我看，我甩手摸時，半截褲管又涼又硬。他抓住我的摸褲管的手說：「小孩子，餓壞了吧！」

我說：「不餓。」我怎能呢！為了追求食物，他的衣服都結冰了。

過一會，他拿出二十元票子給我看。忽然使我痴呆了一刻，這是哪裡來的呢？

家庭教師

二十元票子，使他做了家庭教師。

這是第一天，他起得很早，並且臉上也像愉悅了些。我歡喜地跑到過道去倒臉水。心中埋藏不住這些愉快，使我一面折著被子，一面嘴裡任意唱著什麼歌的句子。而後坐到床沿，兩腿輕輕地跳動，單衫的衣角在腿下抖蕩。我又跑出門外，看了幾次那個提籃賣麵包的人，我想他應該吃些點心吧，八點鐘他要去教書，天寒，衣單，又空著肚子，那是不行的。

但是還不見那提著膨脹的籃子的人來到過道。

郎華做了家庭教師，大概他自己想也應該吃了。當我下樓時，他就自己在買，長形的大提籃已經擺在我們房間的門口。他彷彿是一個大蠍虎樣，貪婪地，為著他的食慾，從籃子裡往外捉取著麵包、圓形的點心和「列巴圈」，他強健的兩臂，好像要把整個籃子抱到房間裡才能滿足。最後他會過錢，下了最大的決心，捨棄了籃子，跑回房中來吃。

還不到八點鐘，他就走了。九點鐘剛過，他就回來。下午太陽快落時，他又去一次，一個鐘頭又回來。他已經慌慌忙忙像是生活有了意義似的。當他回來時，他帶回一個小包袱，他說那是才從當鋪取出的從前他當過的兩件衣裳。他很有興致地把一件夾袍從包袱裡解出來，還一件小毛衣。

「你穿我的夾袍，我穿毛衣，」他吩咐著。

於是兩個人各自趕快穿上。他的毛衣很合適。唯有我穿著他的夾袍，兩隻腳使我自己看不見，手被袖口吞沒去，寬大的袖口，使我忽然感到我的肩膀一邊掛好一個口袋，就是這樣，我覺得很合適，很滿足。

電燈照耀著滿城市的人家。鈔票帶在我的衣袋裡，就這樣，兩個人理直氣壯地走在街上，穿過電車道，穿過擾嚷著的那條破街。

一扇破碎的玻璃門，上面封了紙片，郎華拉開它，並且回頭向我說：「很好的小飯館，洋車夫和一切工人全都在這裡吃飯。」

我跟著進去。裡面擺著三張大桌子。我有點看不慣，好幾部分食客都擠在一張桌上。屋子幾乎要轉不過來身。我想，讓我坐在哪裡呢？三張桌子都是滿滿的人。我在袖口外面捏了一下郎華的手說：「一張空桌也沒有，怎麼吃？」

他說：「在這裡吃飯是隨隨便便的，有空就坐。」他比我自然得多，接著，他把帽子掛到牆壁上。堂倌走來，用他拿在手中已經擦滿油膩的布巾抹了一下桌角，同時向旁邊正在吃的那個人說：「借光，借光。」

就這樣，郎華坐在長板凳上那個人剩下來的一頭。至於我呢，堂倌把掌櫃獨坐的那個圓板凳搬來，占據著大桌子的一頭。我們好像存在也可以，不存在也可以似的。不一會，小小的菜碟擺上來。我看到一個小圓木砧上堆著煮熟的肉，郎華跑過去，向著木砧說了一聲：「切半角錢的豬頭肉。」

那個人把刀在圍裙上，在那塊髒布上抹了一下，熟練地揮動著刀在切肉。我想：他怎麼知道那叫豬頭肉呢？很快地我吃到豬頭肉了。後來我又看見火爐上煮著一個大鍋，我想要知道這鍋裡到底盛的是什麼，然而當時我不敢，不好意思站起來滿屋擺盪。

「你去看看吧。」

「那沒有什麼好吃的。」郎華一面去看，一面說。

正相反，鍋雖然滿掛著油膩，裡面卻是肉丸子。掌櫃連忙說：「來一碗吧？」

我們沒有立刻回答。掌櫃又連忙說：「味道很好哩。」

我們怕的倒不是味道好不好，既然是肉的，一定要多花錢吧！我們面前擺了五六個小碟子，覺得菜已經夠了。他看看我，我看看他。

「這麼多菜，還是不要肉丸子吧，」我說。

「肉丸還帶湯。」我看他說這話，是願意了，那麼吃吧。一決心，肉丸子就端上來。

破玻璃門邊，來來往往有人進出，戴破皮帽子的，穿破皮襖的，還有滿身紅綠的油匠，長鬍子的老油匠，十二三歲尖嗓子的小油匠。

腳下有點潮溼得難過了。可是門仍不住地開關，人們仍是來來往往。一個歲數大一點的婦人，抱著孩子在門外乞討，僅僅在人們開門時她說一聲：「可憐可憐吧！給小孩點吃的吧！」然而她從不動手推門。後來大概她等到時間太長了，就跟著人們進來，停在門口，她還不敢把門關上，表示出她一得到什麼東西很快就走的樣子。忽然全屋充滿了冷空氣。郎華拿饅頭正要給她，掌櫃的擺著手：「多得很，給不得。」

靠門的那個食客強關了門，已經把她趕出去了，並且說：「真她媽的，冷死人，開著門還行！」不知哪一個發了這一聲：「她是個老婆子，你把她推出去。若是個大姑娘，不抱住她，你也得多看她兩眼。」全屋人差不多都笑了，我卻聽不慣這話，我非常惱怒。郎華為著豬頭肉喝了一小壺酒，我也幫著喝。同桌的那個人只吃鹹菜，喝稀飯，他結帳時還不到一角錢。接著我們也結帳：小菜每碟二分，五碟小菜，半角錢豬頭肉，半角錢燒酒，丸子湯八分，外加八個大饅頭。

走出飯館，使人吃驚，冷空氣立刻裹緊全身，高空閃爍著繁星。我們奔向有電車經過叮叮響的那條街口。

「吃飽沒有？」他問。

「飽了。」我答。

經過街口賣零食的小亭子，我買了兩紙包糖，我一塊、他一塊，一面上樓，一面吮著糖的滋味。

「你真像個大口袋。」他吃飽了以後才向我說。

同時我打量著他，也非常不像樣。在樓下大鏡子前面，兩個人照了好久。他的帽子僅僅扣住前額，後腦勺被忘記似的，離得帽子老遠老遠地獨立著。很大的頭，頂個小捲沿帽，最不相宜的就是這個小捲沿帽，在頭頂上看起來十分不牢固，好像烏鴉落在房頂，有隨時飛走的可能。別人送給他的那身學生服短而且寬。

走進房間，像兩個大孩子似的，互相比著舌頭，他吃的是紅色的糖塊，所以是紅舌頭，我是綠舌頭。比完舌頭之後，他憂愁起來，指甲在桌面上不住地敲響。

「你看，我當家庭教師有多麼不帶勁！來來往往凍得和個小叫化子似的。」當他說話時，在桌上敲著的那隻手的袖口，已是破了，拖著線條。我想破了倒不要緊，可是冷怎麼受呢？

關了燈，月光照在窗外，反映得全室微白。兩人扯著一張被子，頭下破書當做枕頭。

隔壁手風琴又咿咿啞啞地在訴說生之苦樂。樂器伴著他，他慢慢打開他幽禁的心靈了：

「敏子……這是敏子姑娘給我縫的。可是過去了，過去了就沒有什麼意義。我對你說過，那時候我瘋狂了。直到最末一次信來，才算結束，結束就是說從那時起她不再給我來信了。這樣意外的，相信也不能相信的事情，弄得我昏迷了許多日子……以前許多信都是寫著愛我……甚至於說非愛我不可。最末一次信卻罵起我來，直到現在我還不相信，可是事實是那樣……」

他起來去拿毛衣給我看，「你看過桃色的線……是她縫的……敏子縫的……」

又滅了燈，隔壁的手風琴仍不停止。在說話裡邊他叫那個名字「敏子，敏子」。都是喉頭發著水聲。

「很好看的，小眼眉很黑……嘴唇很……很紅啊！」說到恰好的時候，在被子裡邊他緊緊捏了我一下手。我想：我又不是她。

「嘴唇通紅通紅……啊……」他仍說下去。

馬蹄打在街石上嗒嗒響聲。每個院落在想像中也都睡去。

搬家

搬家！什麼叫搬家？移了一個窩就是罷！

一輛馬車，載了兩個人，一個條箱，行李也在條箱裡。車行在街口了，街車、行人道上的行人，店鋪大玻璃窗裡的「模特兒」，汽車馳過去了，別人的馬車趕過我們急跑，馬車上面似乎坐著一對情人，女人的捲髮在帽簷外跳舞，男人的長臂沒有什麼用處一般，只為著一種表示，才遮住女人的背後。馬車馳過去了，那一定是一對情人在兜風……只有我們是搬家。天空有水狀的和雪融化春冰狀的白雲，我仰望著白雲，風從我的耳邊吹過，使我的耳朵鳴響。

到了：商市街××號。

他夾著條箱，我端著臉盆，通過很長的院子，在盡那頭，第一下拉開門的是郎華，他說：「進去吧！」

「家」就這樣的搬來，這就是「家」。

一個男孩，穿著一雙很大的馬靴，跑著跳著喊：「媽……我老師搬來啦！」

這就是他教武術的徒弟。

借來的那張鐵床，從門也抬不進來，從窗也抬不進來。抬不進來，真的就要睡地板嗎？光著身子睡嗎？鋪什麼？

「老師，用斧子打吧。」穿長靴的孩子去找到一柄斧子。

鐵床已經站起，塞在門口，正是想抬出去也不能夠的時候，郎華就用斧子打，鐵擊打著鐵發出震鳴，門頂的玻璃碎了兩塊，結果床搬進來了，光身子放在地板中央。又向房東借一張桌子和兩把椅子。

郎華走了，說他去買水桶、菜刀、飯碗……

我的肚子因為冷，也許因為累，又在作痛。走到廚房去看，爐中的火熄了。未搬之前，也許什麼人在烤火，所以爐中尚有木柈在燃。

鐵床露著骨，玻璃窗漸漸結上冰來。下午了，陽光失去了暖力，風漸漸捲著沙泥來吹打窗子……用冷水擦著地板，擦著窗臺……等到這一切做完，再沒有別的事可做的時候，我感到手有點痛，腳也有點痛。

這裡不像旅館那樣靜，有狗叫，有雞鳴……有人吵嚷。

把手放在鐵爐板上也不能暖了，爐中連一顆火星也滅掉了。肚子痛，要上床去躺一躺，哪裡是床！冰一樣的鐵條，怎麼敢去接近！

我餓了，冷了，我肚痛，郎華還不回來，有多麼不耐煩！連一隻錶也沒有，連時間也不知道。多麼無趣，多麼寂寞的家呀！我好像落下井的鴨子一般寂寞並且隔絕。肚痛、寒冷和飢餓伴著我……什麼家？簡直是夜的廣場，沒有陽光，沒有暖。

門扇大聲哐啷哐啷地響，是郎華回來，他打開小水桶的蓋給我看：小刀、筷子、碗、水壺，他把這些都擺出來，紙包裡的白米也倒出來。

只要他在我身旁，餓也不難忍了，肚痛也輕了。買回來的草褥放在門外，我還不知道，我問他：「是買的嗎？」

「不是買的，是哪裡來的！」

「錢，還剩多少？」

「還剩！怕是不夠哩！」

等他買木柈回來，我就開始點火。站在火爐邊，居然也和小主婦一樣調著晚餐。油菜燒焦了，白米飯是半生就吃了，說它是粥，比粥還硬一點；說它是飯，比飯還黏一點。

這是說我做了「婦人」，不做婦人，哪裡會燒飯？不做婦人，哪裡懂得燒飯？

晚上，房主人來時，大概是取著拜訪先生的意義來的！房主人就是穿馬靴那個孩子的父親。

「我三姐來啦！」過一刻，那孩子又打門。

我一點也不能認識她。她說她在學校時每天差不多都看見我，不管在操場或是禮堂。我的名字她還記得很熟。

「也不過三年，就忘得這樣厲害……你在哪一班？」我問。

「第九班。」

「第九班，和郭小嫻一班嗎？郭小嫻每天打球，我倒認識她。」

「對啦，我也打籃球。」

但無論如何我也想不起來，坐在我對面的簡直是一個從未見過的面孔。

「那個時候，你十幾歲呢？」

「十五歲吧！」

「你太小啊，學校是多半不注意小同學的。」我想了一下，我笑了。

她捲皺的頭髮，掛胭脂的嘴，比我好像還大一點，因為回憶完全把我帶回往昔的境地去。其實，我是二十二了，比起她來怕是已經老了。尤其是在蠟燭光裡，假若有鏡子讓我照下，我一定慘敗得比三十歲更老。

「三姐！你老師來啦。」

「我去學俄文。」她弟弟在外邊一叫她，她就站起來說。

很爽快，完全是少女風度，長身材、細腰，閃出門去。

飛雪

是晚間，正在吃飯的時候，管門人來告訴：「外面有人找。」踏著雪，看到鐵柵欄外我不認識的一個人，他說他是來找武術教師。那麼這人就跟我來到房中，在門口他找擦鞋的東西，可是沒有預備那樣完備。表示著很對不住的樣子，他怕是地板會弄髒的。廚房沒有燈，經過廚房時，那人為了腳下的雪差不多沒有跌倒。

一個鐘頭過去了吧！我們的麵條在碗中完全涼透，他還沒有走，可是他也不說「武術」究竟是學不學，只是在那裡用手帕擦一擦嘴，揉一揉眼睛，他是要睡著了！我一面用筷子調一調快凝住的麵條，一面看他把外衣的領子輕輕地豎起來，我想這回他一定是要走。然而沒有走，或者是他的耳朵怕受凍，用皮領來取一下暖，其實，無論如何在屋裡也不會凍耳朵，那麼他是想坐在椅子上睡覺嗎？這裡是睡覺的地方？

結果他也沒有說「武術」是學不學，臨走時他才說：「想一想……想一想……」常常有人跑到這裡來想一想，也有人第二次他再來想一想。立刻就決定的人一個也沒有，或者是學或者是不學。看樣子當面說不學，怕人不好意思，說學，又覺得學費不能再少一點嗎？總希望武術教師把學費自動減少一點。

我吃飯時很不安定，替他挑碗麵，替自己挑碗麵，一會又剪一剪燈花，不然蠟燭顫嗦得使人很不安。

兩個人一句話也不說，對著蠟燭吃著冷麵。雪落得很大了！出去倒髒水回來，頭髮就是混合的。從門口望出去，借了燈光，大雪白茫茫，一刻就要傾滿人間似的。

郎華披起才借來的夾外衣，到對面的屋子教武術。他的兩隻空袖口沒進大雪片中去了。我聽他開著對面那房子的門。那間客廳光亮起來。我向著窗子，雪片翻倒傾忙著，寂寞並且嚴肅的夜，圍臨著我，終於起著咳嗽關了小窗。找到一本書，讀不上幾頁，又打開小窗，雪大了呢？還是小了？人在無聊的時候，風雨，總之一切天象會引起注意來。

雪飛得更忙迫，雪片和雪片交織在一起。

很響的鞋底打著大門過道，走在天井裡，鞋底就減輕了聲音。我知道是汪林回來了。那個舊日的同學，我沒能看見她穿的是中國衣裳或是外國衣裳，她停在門外的木階上在按鈴。小使女，也就是小丫鬟開了門，一面問：「誰？誰？」

「是我，你還聽不出來！誰！誰！」她有點不耐煩，小姐們有了青春更驕傲，可是做丫鬟的一點也不知道這個。假若不是落雪，一定能看到那女孩是怎樣無知的把頭縮回去。

又去讀讀書，又來看看雪，讀了很多頁了，但什麼意思呢？我也不知道。因為我心裡只記得：落大雪，天就轉寒。那麼從此我不能出屋了吧？郎華沒有皮帽，他的衣裳沒有皮領，耳朵一定要凍傷的吧？

在屋裡，只要火爐生著火，我就站在爐邊，或者更冷的時候，我還能坐到鐵爐板上去把自己煎一煎。若沒有木柈，我就披著被坐在床上，一天不離床，一夜不離床，但到外邊可怎麼能去呢？披著被上街嗎？那還可以嗎？

我把兩隻腳伸到爐腔裡去，兩腿伸得筆直，就這樣在椅子上對著門看書；哪裡看書，假看，無心看。

郎華一進門就說：「你在烤火腿嗎？」

我問他：「雪大小？」

「你看這衣裳！」他用面巾打著外套。

雪，帶給我不安，帶給我恐怖，帶給我終夜各種不舒適的夢……一大群小豬沉下雪坑去……麻雀凍死在電線上，麻雀雖然死了，仍掛在電線上。行人在曠野白色的大樹裡，一排一排地僵直著，還有一些把四肢都凍丟了。

這樣的夢以後，但總不能知道這是夢，漸漸明白些時，才緊抱住郎華，但總不能相信這不是真事。我說：「為什麼要做這樣的夢？照迷信來說，這可不知怎樣？」

「真糊塗，一切要用科學方法來解釋，你覺得這夢是一種心理，心理是從哪裡來的？是物質的反映。你摸摸你這肩膀，凍得這樣涼，你覺得肩膀冷，所以，你做那樣的夢！」很快地他又睡去。留下我覺得風從棚頂，從床底都會吹來，凍鼻頭，又凍耳朵。

夜間，大雪又不知落得怎樣了！早晨起來，一定會推不開門吧！記得爺爺說過：大雪的年頭，小孩站在雪裡露不出頭頂……風不住掃打窗子，狗在房後哽哽地叫……

從凍又想到餓，明天沒有米了。

他的上唇掛霜了

他夜夜出去在寒月的清光下，到五里路遠一條僻街上去教兩個人讀國文課本。這是新找到的職業，不能說是職業，只能說新找到十五元錢。

禿著耳朵，夾外套的領子還不能遮住下巴，就這樣夜夜出去，一夜比一夜冷了！聽得見人們踏著雪地的響聲也更大。他帶著雪花回來，褲子下口全是白色，鞋也被雪浸了一半。

「又下雪嗎？」

他一直沒有回答，像是跟我生氣。把襪子脫下來，雪積滿他的襪口，我拿他的襪子在門扇上打著，只有一小部分雪星是震落下來，襪子的大部分全是潮溼了的。等我在火爐上烘襪子的時候，一種很難忍的氣味滿屋散布著。

「明天早晨晚些吃飯，南崗有一個要學武術的。等我回來吃。」他說這話，完全沒有聲色，把聲音弄得很低很低……或者他想要嚴肅一點，也或者他把這事故意看作平凡的事。總之，我不能猜到了！

他赤了腳。穿上「傻鞋」，去到對門上武術課。

「你等一等，襪子就要烘乾的。」

「我不穿。」

「怎麼不穿，汪家有小姐的。」

「有小姐，管什麼？」

「不是不好看嗎？」

「什麼好看不好看！」他光著腳去，也不怕小姐們看，汪家有兩個很漂亮的小姐。

他很忙，早晨起來，就跑到南崗去，吃過飯，又要給他的小徒弟上國文課。一切忙完了，又跑出去借錢。晚飯後，又是教武術，又是去教中學課本。

夜間，他睡覺醒也不醒轉來，我感到非常孤獨了！白晝使我對著一些家具默坐，我雖生著嘴，也不言語；我雖生著腿，也不能走動；我雖生著手，而也沒有什麼做，和一個廢人一般，有多麼寂寞！連視線都被牆壁截止住，連看一看窗前的麻雀也不能夠，什麼也不能夠，玻璃生滿厚的和絨毛一般的霜雪。這就是「家」，沒有陽光，沒有暖，沒有聲，沒有色，寂寞的家，窮的家，不生毛草荒涼的廣場。

我站在小過道窗口等郎華，我的肚子很餓。

鐵門扇響了一下，我的神經便要震盪一下，鐵門響了無數次，來來往往都是和我無關的人。汪林她很大的皮領子和她很響的高跟鞋相配稱，她搖搖晃晃，滿滿足足，她的肚子想來很飽很飽，向我笑了笑，滑稽的樣子用手指點我一下：「啊！又在等你的郎華……」她快走到門前的木階，還說著：「他出去，你天天等他，真是怪好的一對！」

她的聲音在冷空氣裡來得很脆，也許是少女們特有的喉嚨。對於她，我立刻把她忘記，也許原來就沒把她看見，沒把她聽見。假若我是個男人，怕是也只有這樣。肚子響叫起來。

汪家廚房傳出來炒醬的氣味，隔得遠我也會嗅到，他家吃炸醬麵吧！炒醬的鐵勺子一響，都像說：炸醬，炸醬麵……

在過道站著，腳凍得很痛，鼻子流著鼻涕。我回到屋裡，關好二層門，不知是想什麼，默坐了好久。

汪林的二姐到冷屋去取食物，我去倒髒水見她，平日不很說話，很生疏，今天她卻說：「沒去看電影嗎？這個電影不錯，胡蝶主演。」她藍色的大耳環永遠吊蕩著不能停止。

「沒去看。」我的袍子冷透骨了！

「這個片很好，煞尾是結了婚，看這電影的人都猜想，假若演下去，那是怎麼美滿的……」

她熱心地來到門縫邊，在門縫我也看到她大長的耳環在擺動。

「進來玩玩吧！」

「不進去，要吃飯啦！」

郎華回來了，他的上唇掛霜了！汪二小姐走得很遠時，她的耳環和她的話聲仍震盪著：

「你度蜜月的人回來啦，他來了。」

好寂寞的，好荒涼的家呀！他從口袋取出燒餅來給我吃。

他又走了，說有一家招請電影廣告員，他要去試試。

「什麼時候回來？什麼時候回來？」我追趕到門外問他，好像很久捉不到的鳥兒，捉到又飛了！失望和寂寞，雖然吃著燒餅，也好像餓倒下來。

小姐們的耳環，對比著郎華的上唇掛著的霜。對門居著，他家的女兒看電影，戴耳環；我家呢？我家……

當鋪

「你去當吧！你去當吧，我不去！」

「好，我去，我就願意進當鋪，進當鋪我一點也不怕，理直氣壯。」

新做起來的我的棉袍，一次還沒有穿，就跟著我進當鋪去了！在當鋪門口稍微徘徊了一下，想起出門時郎華要的價目——非兩元不當。

包袱送到櫃臺上，我是仰著臉，伸著腰，用腳尖站起來送上去的，真不曉得當鋪為什麼擺起這麼高的櫃臺！

那戴帽頭的人翻著衣裳看，還不等他問，我就說了：「兩塊錢。」

他一定覺得我太不合理，不然怎麼連看我一眼也沒看，就把東西捲起來，他把包袱彷彿要丟在我的頭上，他十分不耐煩的樣子。

「兩塊錢不行，那麼，多少錢呢？」

「多少錢不要。」他搖搖像長西瓜形的腦袋，小帽頭頂尖的紅帽球，也跟著搖了搖。

我伸手去接包袱，我一點也不怕，我理直氣壯，我明明知道他故意作難，正想把包袱接過來就走。猜得對對的，他並不把包袱真給我。

「五毛錢！這件衣服袖子太瘦，賣不出錢來……」

「不當。」我說。

「那麼一塊錢……再可不能多了，就是這個數目。」他把腰微微向後彎一點，櫃臺太高，看不出他突出的肚囊……

一隻大手指，就比在和他太陽穴一般高低的地方。

帶著一元票子和一張當票，我快快地走，走起路來感到很爽快，默認自己是很有錢的人。菜市、米店我都去過，臂上抱了很多東西，感到非常願意抱這些東西，手凍得很痛，覺得這是應該，對於手一點也不感到可惜，本來手就應該給我服務，好像凍掉了也不可惜。走在一家包子鋪門前，又買了十個包子，看一看自己帶著這些東西，很驕傲，心血時時激動，至於手凍得怎樣痛，一點也不可惜。路旁遇見一個老叫化子，又停下來給他一個大銅板，我想我有飯吃，他也是應該吃啊！然而沒有多給，只給一個大銅板，那些我自己還要用呢！又摸一摸當票也沒有丟，這才重新走，手痛得什麼心思也沒有了，快到家吧！快到家吧。但是，背上流了汗，腿覺得很軟，眼睛有些刺痛，走到大門口，才想起來從搬家還沒有出過一次街，走路腿也無力，太陽光也怕起來。

又摸一摸當票才走進院去。郎華仍躺在床上，和我出來的時候一樣，他還不習慣於進當鋪。他是在想什麼。拿包子給他看，他跳起來：「我都餓啦，等你也不回來。」

十個包子吃去一大半，他才細問：「當多少錢？當鋪沒欺負你？」

把當票給他，他瞧著那樣少的數目：「才一元，太少。」

雖然說當得的錢少，可是又願意吃包子，那麼結果很滿足。他在吃包子的嘴，看起來比包子還大，一個跟著一個，包子消失盡了。

借

「女子中學」的門前，那是三年前在裡邊讀書的學校。和三年前一樣，樓窗，窗前的樹；短板牆，牆外的馬路，每塊石磚我踏過它。牆裡牆外的每棵樹，尚存著我溫馨的記憶；附近的家屋，喚起我往日的情緒。

我記不了這一切啊！管它是溫馨的，是痛苦的，我記不了這一切啊！我在那樓上，正是我有著青春的時候。

現在已經黃昏了，是冬的黃昏。我踏上水門汀的階石，輕輕地邁著步伐。三年前，曾按過的門鈴又按在我的手中。出來開門的那個校役，他還認識我。樓梯上下跑走的那一些同學，卻咬著耳說：「這是找誰的？」

一切全不生疏，事務牌、信箱、電話室，就是掛衣架子，三年也沒有搬動，仍是擺在傳達室的門外。

我不能立刻上樓，這對於我是一種侮辱似的。舊同學雖有，怕是教室已經改換了；宿舍，我不知道在樓上還是在樓下。「梁先生——國文梁先生在校嗎？」我對校役說。

「在校是在校的，正開教務會議。」
「什麼時候開完？」
「那怕到七點鐘吧！」
牆上的鐘還不到五點，等也是無望，我走出校門來了！這一刻，我完全沒有來時的感覺，什麼街石，什麼樹，這對我發生什麼關係？
「吟——在這裡。」郎華在很遠的路燈下打著招呼。
「回去吧！走吧！」我走到他身邊，再不說別的。
順著那條斜坡的直道，走得很遠的我才告訴他：「梁先生開教務會議，開到七點，我們等得了嗎？」
「那麼你能走嗎？肚子還疼不疼？」
「不疼，不疼。」
圓月從東邊一小片林梢透過來，暗紅色的圓月，很大很混濁的樣子，好像老人昏花的眼睛，垂到天邊去。腳下的雪不住在滑著、響著，走了許多時候，一個行人沒有遇見，來到火車站了！大時鐘在暗紅色的空中發著光，火車的汽笛震鳴著冰寒的空氣，電車、汽車、馬車、人力車，車站前忙著這一切。

順著電車道走，電車響著鈴子從我們身邊一輛一輛地過去。沒有借到錢，電車就上不去。走吧，挨著走，肚痛我也不能說。走在橋上，大概是東行的火車，冒著煙從橋下經過，震得人會耳鳴起來，鎖鏈一般地爬向市街去。從崗上望下來，最遠處，商店的紅綠電燈不住地閃爍；在夜裡的人家，好像在煙裡一般；若沒有燈光從窗子流出來，那麼所有的樓房就該變成幽寂的、沒有鐘聲的大教堂了！站在崗上望下去，「許公路」的電燈，好像扯在太陽下的長串的黃色銅鈴，越遠，那些銅鈴越增加著密度，漸漸數不過來了！

扶著走，昏昏茫茫地走，什麼夜，什麼市街，全是陰溝，我們滾在溝中。攜著手吧！相牽著走吧！天氣那樣冷，道路那樣滑，我時時要滑倒的樣子，腳下不穩起來，不自主起來，在一家電影院門前，我終於跌倒了，坐在冰上，因為道上無處不是冰。膝蓋的關節一定受了傷害，他雖拉著我，走起來也十分困難。「肚子跌痛了沒有？你實在不能走了吧？」

到家把剩下來的一點米煮成稀飯，沒有鹽，沒有油，沒有菜，暖一暖肚子算了。吃飯，肚子仍不能暖，餅乾盒子盛了熱水，盒子漏了。郎華又拿一個空玻璃瓶要盛熱水給我暖肚子，瓶底炸掉下來，滿地流著水。他拿起沒有底的瓶子當號筒來吹。在那嗚嗚的響聲裡邊，我躺到冰冷的床上。

買皮帽

「破爛市」上打起著陰棚，很大一塊地盤全然被陰棚連絡起來，不斷地擺著攤子：鞋、襪、帽子、面巾，這都是應用的東西。擺出來最多的，是男人的褲子和襯衫。我打量了郎華一下，這褲子他應該買一條。我正想問價錢的時候，忽然又被那些大大小小的皮外套吸引住。仰起頭，看那些掛得很高的、一排一排的外套，寬大的領子，黑色毛皮的領子，雖是馬夫穿的外套，郎華穿不也很好嗎？又正想問價錢，郎華在那邊叫我：「你來。這個帽子怎麼樣？」他拳頭上頂著一個四個耳朵的帽子，正在轉著彎看。

我一見那和貓頭一樣的帽就笑了，我還沒有走到他近邊，我就說：「不行。」

「我小的時候，在家鄉盡戴這個樣帽子。」他趕快頂在頭上試一試。立刻他就變成個小貓樣，「這真暖和。」他又把左右的兩個耳朵放下來，立刻我又看他像個小狗——因為小時候爺爺給我買過這樣「叭狗帽」，爺爺叫它「叭狗帽」。

「這帽子暖和得很！」他又頂在拳頭上，轉著彎，搖了兩下。

腳在陰棚裡凍得難忍，在小的行人道跑了幾個彎子，許多「飛機帽」，這個那個，他都試過。黑色的比黃色的價錢便宜兩角，他喜歡黃色的，同時又喜歡少花兩角錢，於是走遍陰棚在尋找。

「你的……什麼的要？」出攤子的人這樣問著。同是中國人，卻把中國人當作日本或是高麗人。

我們不能買他的東西，很快地跑了過去。

郎華帶上飛機帽子！兩個大皮耳朵上面長兩個小耳朵。

「快走啊，快走。」

繞過不少路，才走出陰棚。若不是他喊我，我真被那些衣裳和褲子戀住了，尤其是馬車夫們穿的羊皮外套。

重見天日時，我慌忙著跟上郎華去！

「還剩多少錢？」

「五毛。」

走過菜市，從前吃飯那個小飯館，我想提議進去吃包子，一想到五角錢，只好硬著心腸，背了自己的願望走過飯館。五角錢要吃三天，哪能進飯館子？

街旁許多賣花生、瓜子的。

「有銅板嗎？」我拉了他一下。

「沒有，一個沒有。」

「沒有，就完事。」

「你要買什麼？」

「不買什麼！」

「要買什麼，這不是有票子嗎？」他停下來不走。

「我想買點瓜子，沒有銅板就不買。」

大概他想：愛人要買幾個銅板瓜子的願望都不能滿足！於是慷慨地摸著他的衣袋。

這不是給愛人買瓜子的時候，吃飯比瓜子更要緊；餓比愛人更要緊。

風雪吹著，我們走回家來了，手疼，腳疼，我白白地跟著跑了一趟。

廣告員的夢想

有一個朋友到一家電影院去畫廣告，月薪四十元。畫廣告留給我一個很深的印象，我一面燒早飯一面看報，又有某個電影院招請廣告員被我看到，立刻我動心了：我也可以吧？從前在學校時不也學過畫嗎？但不知月薪多少。

郎華回來吃飯，我對他說，他很不願意做這事。他說：「盡騙人。昨天別的報上登著一段應徵家庭教師的廣告，我去接洽，其實去的人太多，招一個人，就要去十個，二十個……」

「去看看怕什麼？不成，完事。」

「我不去。」

「你不去，我去。」

「你自己去？」

「我自己去！」

第二天早晨，我又留心那塊廣告，這回更能滿足我的慾望。那文告又改登一次，月薪四十元，明明白白的是四十元。

「看一看去。不然，等著職業，職業會來嗎？」我又向他說。

「要去，吃了飯就去，我還有別的事。」這次，他不很堅決了。

走在街上，遇到他一個朋友。

「到哪裡去？」

「接洽廣告員的事情。」

「就是《國際協報》登的嗎？」

「是的。」

「四十元啊！」這四十元他也注意到。

十字街商店高懸的大錶還不到十一點鐘，十二點才開始接洽。已經尋找得好疲乏了，已經不耐煩了，代替接洽的那個「商行」才尋到。指明的是石頭道街，可是那個「商行」是在石頭道街旁的一條順街尾上，我們的眼睛擦亂起來。走進「商行」去，在一座很大的樓房二層樓上，剛看到一個長方形的亮銅牌釘在過道，還沒看到究竟是什麼個「商行」，就有人截住我們：「什麼事？」

「來接洽廣告員的！」

「今天星期日，不辦公。」

第二天再去的時候，還是有勇氣的。是陰天，飛著清雪。

那個「商行」的人說：「請到電影院本家去接洽吧。我們這裡不替他們接洽了。」

郎華走出來就埋怨我：「這都是你主張，我說他們盡騙人，你不信！」

「怎麼又怨我？」我也十分生氣。

「不都是想當廣告員嗎？看你當吧！」

吵起來了。他覺得這是我的過錯，我覺得他不應該跟我生氣。走路時，他在前面總比我快一些，他不願意和我一起走的樣子，好像我對事情沒有眼光，使他討厭的樣子。

衝突就這樣越來越大，當時並不去怨恨那個「商行」，或是那個電影院，只是他生氣我，我生氣他，真正的目的卻丟開了。兩個人吵著架回來。

第三天，我再不去了。我再也不提那事，仍是在火爐板上烘著手。他自己出去，戴著他的飛機帽。

「南崗那個人的武術不教了。」晚上他告訴我。

我知道，就是那個人不學了。

第二天，他仍戴著他的飛機帽走了一天。到夜間，我也並沒提起廣告員的事。照樣，第三天我也並沒有提，我已經沒有興致想找那樣的職業。可是他自動的，比我更留心，自己到那個電影院去過兩次。

「我去過兩次，第一回說經理不在，第二回說過幾天再來吧。真他媽的！有什麼勁，只為著四十元錢，就去給他們耍寶！畫的什麼廣告？什麼情火啦，豔史啦，甜蜜啦，真是無恥和肉麻！」

他發的議論，我是不回答的。他憤怒起來，好像有人非捉他去做廣告員不可。

「你說，我們能幹那樣無聊的事？去他娘的吧！滾蛋吧！」他竟罵起來，跟著，他就罵起自己來：「真是混蛋，不知恥的東西，自私的爬蟲！」

直到睡覺時，他還沒忘掉這件事，他還向我說：「你說，我們不是自私的爬蟲是什麼？只怕自己餓死，去畫廣告。畫得好一點，不怕肉麻，多招來一些看情史的，使人們羨慕富麗，使人們一步一步地爬上去……就是這樣，只怕自己餓死，毒害多少人不管，人是自私的東西……若有人每月給二百元，不是什麼都幹了嗎？我們就是不能夠推動歷史，也不能站在相反的方面努力敗壞歷史！」

他講的使我也感動了。並且聲音不自知地越講越大，他已經開始更細地分析自己……

「你要小點聲啊，房東那屋常常有日本朋友來。」我說。

又是一天，我們在「中央大街」閒蕩著，很瘦很高的老秦在他肩上拍了一下。冬天下午三四點鐘時，已經快要黃昏了，陽光僅僅留在樓頂，漸漸微弱下來，街路完全在晚風中，就是行人道上，也有被吹起的霜雪掃著人們的腿。

冬天在行人道上遇見朋友，總是不把手套脫下來就握手的。那人的手套大概很涼吧，我見郎華的赤手握了一下就抽回來。我低下頭去，順便看到老秦的大皮鞋上撒著紅綠的小斑點。

「你的鞋上怎麼有顏料？」

他說他到電影院去畫廣告了。他又指給我們電影院就是眼前那個，他說：「我的事情很忙，四點鐘下班，五點鐘就要去畫廣告。你們可以不可以幫我一點忙？」

聽了這話，郎華和我都沒回答。

「五點鐘，我在賣票的地方等你們。你們一進門就能看見我。」老秦走開了。

晚飯吃的烤餅，差不多每張餅都半生就吃下的，為著忙，也沒有到桌子上去吃，就圍在爐邊吃的。他的臉被火烤得通紅。我是站著吃的。看一看新買的小錶，五點了，所以連湯鍋也沒有蓋起我們就走出了，湯在爐板上蒸著氣。

不用說我是連一口湯也沒喝，郎華已跑在我的前面。我一面弄好頭上的帽子，一面追隨他。才要走出大門時，忽然想起火爐旁還堆著一堆木柴，怕著了火，又回去看了一趟。等我再出來的時候，他已跑到街口去了。

他說我：「做飯也不曉得快做！磨蹭，你看晚了吧！女人就會磨蹭，女人就能耽誤事！」可笑的內心起著矛盾。這行業不是幹不得嗎？怎麼跑得這樣快呢？他搶著跨進電影院的門去。我看他矛盾的樣子，好像他的後腦勺也在起著矛盾，我幾乎笑出來，跟著他進去了。

不知俄國人還是英國人，總之是大鼻子，站在售票處賣票。問他老秦，他說不知道。問別人，又不知道哪個人是電影院的人。等了半個鐘頭也不見老秦，又只好回家了。

他的學說一到家就生出來，照樣生出來：「去他娘的吧！那是你願意去。那不成，那不成啊！人，這自私的東西，多碰幾個釘子也對。」

他到別處去了，留我一個人在家。

「你們怎麼不去找找？」老秦一邊脫著皮帽，一邊說。

「還到哪裡找去？等了半點鐘也看不到你！」

「我們一同走吧。郎華呢？」

「他出去了。」

「那麼我們先走吧。你就是幫我忙，每月四十元，你二十，我二十，均分。」

在廣告牌前站到十點鐘才回來。郎華找我兩次也沒有找到，所以他正在房中生氣。

這一夜，我和他就吵了半夜。他去買酒喝，我也搶著喝了一半，哭了，兩個人都哭了。

他醉了以後在地板上嚷著說：「一看到職業，途徑也不管就跑了，有職業，愛人也不要了！」

我是個很壞的女人嗎？只為了二十元錢，把愛人氣得在地板上滾著！醉酒的心，像有火燒，像有開水在滾，就是哭也不知道有什麼要哭，已經推動了理智。他也和我同樣。

第二天酒醒，是星期日。他跟我去畫了一天的廣告。我是老秦的副手，他是我的副手。

第三天就沒有去，電影院另請了別人。

廣告員的夢到底做成了，但到底是碎了。

新識

太寂寞了，「北國」人人感到寂寞。一群人組織一個畫會，大概是我提議的吧！又組織一個劇團，第一次參加討論劇團事務的人有十幾個，是借民眾教育館閱報室討論的。其中有一個臉色很白，多少有一點像政客的人，下午就到他家去繼續講座。許久沒有到過這樣暖的屋子，壁爐很熱，陽光晒在我的頭上；明亮而暖和的屋子使我感到熱了！第二天是個假日，大家又到他家去。那是夜了，在窗子外邊透過玻璃的白霜，晃晃蕩蕩的一些人在屋裡閃動，同時陣陣起著高笑。我們打門的聲音幾乎沒有人聽到，後來把手放重一些，但是仍沒有人聽到，後來敲玻璃窗片，這回立刻從紗窗簾現出一個灰色的影子，那影子用手指在窗子上抹了一下，黑色的眼睛出現在小洞。於是聲音同人一起來在過道了。

「郎華來了，郎華來了！」開了門，一面笑著一面握手。雖然是新識，但非常熟識了！我們在客廳門外除了外套，差不多掛衣服的鉤子都將掛滿。

「我們來得晚了吧！」

「不算晚，不算晚，還有沒到的呢！」

客廳的檯燈也開起來，幾個人圍在燈下讀劇本。還有一個從前的同學也在讀劇本，她的背靠著爐壁，淡黃色有點閃光的爐壁襯在背後，她黑的作著曲捲的頭髮就要散到肩上去。她演劇一般地在讀劇本。她波狀的頭髮和充分作著圓形的肩，停在淡黃色的壁爐前，是一幅完成的少婦美麗的剪影。

她一看到我就在讀劇本了！我們兩個靠著牆，無秩序地談了些話。研究著壁上嵌在大框子裡的油畫。我受凍的腳遇到了熱，在鞋裡面作癢。這是我自己的事，努力忍著好了！

客廳中那麼許多人都是生人。大家一起喝茶，吃瓜子。這家的主人來來往往地走，他很像一個主人的樣子，他講話的姿勢很溫和，面孔帶著敬意，並且他時時整理他的上衣：挺一挺胸，直一直胳臂，他的領結不知整理多少次，這一切表示個主人的樣子。

客廳每一個角落有一張門，可以通到三個另外的小屋去，其餘的一張門是通過道的。就從一個門中走出一個穿皮外套的女人，轉了一個彎，她走出客廳去了。

我正在檯燈下讀著一個劇本時，聽到郎華和什麼人靜悄悄在講話。看去是一個胖軍官樣的人和郎華對面立著。他們走到客廳中央圓桌的地方坐下來。他們的談話我聽不懂，什麼「炮二隊」、「第九期，第八期」，又是什麼人，我從未聽見過的名字郎華說出來，那人也說，總之很稀奇。不但我感到稀奇，為著這樣生疏的術語，所有客廳中的人都靜肅了一下。

從右角的門扇走出一個小女人來，雖然穿的高跟鞋，但她像個小「蒙古」。胖人站起來說：「這是我的女人！」

郎華也把我叫過去，照樣也說給他們。這樣一來，我就可以坐在旁邊細聽他們的講話了！

走在回家的路上，郎華告訴我：「那個是我的同學啊！」

電車不住地響著鈴子，冒著綠火。半面月亮升起在西天，街角賣豆漿的燈火好像個小螢火蟲，賣漿人守著他漸漸冷卻的漿鍋，默默打轉。夜深了！夜深了。

二　留住激情，留住天眞

十元鈔票

在綠色的燈下，人們跳著舞狂歡著，有的抱著椅子跳，胖朋友他也丟開風琴，從角落扭轉出來，他扭到混雜的一堆人去，但並不消失在人中。因為他胖，同時也因為他跳舞做著怪樣，他十分不協調地在跳，兩腿扭顫得發著瘋。他故意妨礙別人，最終他把別人都弄散開去，地板中央只留下一個流汗的胖子。人們怎樣大笑，他不管。

「老牛跳得好！」人們向他招呼。

他不聽這些，他不是跳舞，他是亂跳瞎跳，他完全胡鬧，他蠢得和豬、和蟹子那般。

紅燈開起來，扭扭轉轉的那一些綠色的人變紅起來。紅燈帶來另一種趣味，紅燈帶給人們更熱心的胡鬧。瘦高的老桐扮了一個女相，和胖朋友跳舞。女人們笑流淚了！直不起腰了！但是胖朋友仍是一拐一拐。他的「女舞伴」在他的手臂中也是諧和地把頭一扭一拐，扭得太醜，太愚蠢，幾乎要把頭扭掉，要把腰扭斷，但是他還扭，好像很不要臉似的，一點也不知羞似的，那滿臉的紅胭脂呵！那滿臉醜惡得到妙處的笑容。

第二次老桐又跑去化妝，出來時，頭上包一張紅布，脖子後拖著很硬的但有點顫動的棍狀的東西。那是用紅布紮起來的，掃帚把柄的樣子，生在他的腦後。又是跳舞，每跳一下，腦後的小尾巴就隨著顫動一下。

跳舞結束了，人們開始吃蘋果，吃糖，吃茶。就是吃也沒有個吃的樣子！有人說：「我能整吞一個蘋果。」

「你不能，你若能整吞個蘋果，我就能整吞一個活豬！」另一個說。

自然，蘋果也沒有吞，豬也沒有吞。

外面對門那家鎖著的大狗，鎖鏈子在響動。臘月開始嚴寒起來，狗凍得小聲吼叫著。

帶顏色的燈閉起來，因為沒有顏色的刺激，人們暫時安定了一刻。因為過於興奮的緣故，我感到疲乏，也許人人感到疲乏，大家都安定下來，都像恢復了人的本性。

小「電驢子」從馬路篤篤地跑過，又是日本憲兵在巡邏吧！可是沒有人害怕，人們對於日本憲兵的印象還淺。

「玩呀！樂呀！」第一個站起的人說。

「不樂白不樂，今朝有酒今朝醉……」大個子老桐也說。

胖朋友的女人拿一封信，送到我的手裡：「這信你到家去看好啦！」

郎華來到我的身邊。也不知道這是什麼意思，我就把信放到衣袋中。

只要一走出屋門，寒風立刻刮到人們的臉，外衣的領子豎起來，顯然郎華的夾外套是感到冷，但是他說：「不冷。」

一同出來的人，都講著過舊年時比這更有趣味，那一些趣味早從我們跳開去。我想我有點餓，回家可吃什麼？於是別的人在講什麼，我聽不到了！郎華也冷了吧，他拉著我走向前面，越走越快了，使我們和那些人遠遠地分開。

在蠟燭旁忍著腳痛看那封信，信裡邊十元鈔票露出來。

夜是如此靜了，小狗在房後吼叫。

第二天，一些朋友來約我們到「牽牛房」去吃夜飯。果然吃很好，這樣的飽餐，非常覺得不多得，有魚，有肉，有很好滋味的湯。又是玩到半夜才回來。這次我走路時很起勁，餓了也不怕，在家有十元票子在等我。我特別充實地邁著大步，寒風不能打擊我。

「新城大街」、「中央大街」行人很稀少了！人走在行人道，好像沒有掛掌的馬走在冰面，很小心的，然而時時要跌倒。店鋪的鐵門關得緊緊，裡面無光了，街燈和警察還存在，警察和垃圾箱似的失去了威權，他背上的槍提醒著他的職務，若不然他會依著電線柱睡著的。再走就快到「商市街」了！然而今夜我還沒有走夠，「馬迭爾」旅館門前的大時鐘孤獨掛著。向北望去，松花江就是這條街的盡頭。

我的勇氣一直到「商市街」口還沒消滅，腦中、心中、脊背上、腿上，似乎各處有一張十元票子，我被十元票子鼓勵得膚淺得可笑了。

是叫化子吧！起著哼聲，在街的那在移動。我想他沒有十元票子吧！

鐵門用鑰匙打開，我們走進院去，但，我仍聽得到叫化子的哼聲。

同命運的小魚

我們的小魚死了。牠從盆中跳出來死的。

我後悔，為什麼要出去那麼久！為什麼只貪圖自己的快樂而把小魚乾死了！

那天魚放到盆中去洗的時候，有兩條又活了，在水中立起身來。那麼只用那三條死的來燒菜。魚鱗一片一片地掀掉，沉到水盆底去；肚子剝開，腸子流出來。我只管掀掉魚鱗，我還沒有洗過魚，這是試著幹，所以有點害怕，並且冰涼的魚的身子，我總會聯想到蛇；剝魚肚子我更不敢了。郎華剝著，我就在旁邊看，然而看也有點躲躲閃閃，好像鄉下沒有教養的孩子怕著已死的貓會還魂一般。

「你看你這個無用的，連魚都怕。」說著，他把已經收拾乾淨的魚放下，又剝第二個魚肚子。這回魚有點動，我連忙扯了他的肩膀一下：「魚活啦，魚活啦！」

「什麼活啦！神經質的人，你就看著好啦！」他逞強一般地在魚肚子上劃了一刀，魚立刻跳動起來，從手上跳下盆去。

「怎麼辦哪？」這回他向我說了。我也不知道怎麼辦。他從水中摸出來看看，好像魚會咬了他的手，馬上又丟下水去。

魚的腸子流在外面一半，魚是死了。

「反正也是死了，那就吃了牠。」

魚再被拿到手上，一些也不動彈。他又安然地把牠收拾乾淨。直到第三條魚收拾完，我都是守候在旁邊，怕看，又想看。第三條魚是全死的，沒有動。盆中更小的一條很活潑了，在盆中轉圈。另一條怕是要死，立起不多時又橫在水面。

火爐的鐵板熱起來，我的臉感覺烤痛時，鍋中的油翻著花。

魚就在大爐臺的菜板上，就要放到油鍋裡去。我跑到二層門去拿油瓶，聽得廚房裡有什麼東西跳起來，劈劈啪啪的。他也來看。盆中的魚仍在游著，那麼菜板上的魚活了，沒有肚子的魚活了，尾巴仍打得菜板很響。

這時我不知該怎樣做，我怕看那悲慘的東西。躲到門口，我想：不吃這魚吧。然而牠已經沒有肚子了，可怎樣再活？我的眼淚都跑上眼睛來，再不能看了。我轉過身去，面向著窗子。窗外的小狗正在追逐那紅毛雞，房東的使女小菊挨過打以後到牆根處去哭……

這是凶殘的世界，失去了人性的世界，用暴力毀滅了它吧！毀滅了這些失去了人性的世界。

晚飯的魚是吃的，可是很腥，我們吃得很少，全部丟到垃圾箱去。

剩下來兩條活的就在盆裡游泳。夜間睡醒時，聽見廚房裡有乒乓的水聲。點起洋燭去看一下。可是我不敢去，叫郎華去看。

「盆裡的魚死了一條，另一條魚在游水響……」

到早晨，用報紙把牠包起來，丟到垃圾箱去。只剩一條在水中上下游著，又為牠換了一盆水，早飯時又丟了一些飯粒給牠。

小魚兩天都是快活的，到第三天憂鬱起來，看了幾次，牠都是沉到盆底。

「小魚都不吃食啦，大概要死吧？」我告訴郎華。

他敲一下盆沿，小魚走動兩步；再敲一下，再走動兩步……不敲，牠就不走，牠就沉下去。

又過一天，小魚的尾巴也不搖了，就是敲盆沿，牠也不動一動尾巴。

「把牠送到江裡一定能好，不會死。牠一定是感到不自由才憂愁起來！」

「怎麼送呢？大江還沒有開凍，就是能找到一個冰洞把牠塞下去，我看也要凍死，再不然也要餓死。」我說。

郎華笑了。他說我像玩鳥的人一樣，把鳥放在籠子裡，給牠米子吃，就說牠沒有悲哀了，就說比在山裡好得多，不會凍死，不會餓死。

「有誰不愛自由呢？海洋愛自由，野獸愛自由，昆蟲也愛自由。」郎華又敲了一下水盆。

小魚只悲哀了兩天，又暢快起來，尾巴打著水響。我每天在火邊燒飯，一邊看著牠，好像生過病又好起來的自己的孩子似的，更珍貴一點，更愛惜一點。天真太冷，打算過了冷天就把牠放到江裡去。

我們每夜到朋友那裡去玩，小魚就自己在廚房裡過個整夜。牠什麼也不知道，牠也不怕貓會把牠攫了去，牠也不怕耗子會使牠驚跳。我們半夜回來也要看看，牠總是安安然然地游著。家裡沒有貓，知道牠沒有危險。

又一天就在朋友那裡過的夜，終夜是跳舞、唱戲。第二天晚上才回來。時間太長了，我們的小魚死了！

第一步踏進門的是郎華，差一點沒踏碎那小魚。點起洋燭去看，還有一點呼吸，鰓還輕輕地抽著。我去摸牠身上的鱗，都乾了。小魚是什麼時候跳出水的？是半夜？是黃昏？耗子驚了你，還是你聽到了貓叫？

蠟油滴了滿地，我舉著蠟燭的手，不知歪斜到什麼程度。

屏著呼吸，我把魚從地板上拾起來，再慢慢把牠放到水裡，好像親手讓我完成一件喪儀。沉重的悲哀壓住了我的頭，我的手也顫抖了。

短命的小魚死了！是誰把你摧殘死的？你還那樣幼小，來到世界——說你來到魚群吧，在魚群中你還是幼芽一般正應該生長的，可是你死了！

郎華出去了，把空漠的屋子留給我。他回來時正在開門，我就趕上去說：「小魚沒死，小魚又活啦！」我一面拍著手，眼淚就要流出來。我到桌子了去取蠟燭。他敲著盆沿，沒有動，魚又不動了。

「怎麼又不會動了？」手到水裡去把魚立起來，可是牠又橫過去。

「站起來吧。你看蠟油啊……」他拉我離開盆邊。

小魚這回是真死了！可是過一會又活了。這回我們相信小魚絕對不會死，離水的時間太長，復一復原就會好的。

半夜郎華起來看，說牠一點也不動了，但是不怕，那一定是又在休息。我招呼郎華不要動牠，小魚在養病，不要攪擾牠。

亮天看牠還在休息，吃過早飯看牠還在休息。又把飯粒丟到盆中。我的腳踏起地板來也放輕些，只怕把牠驚醒，我說小魚是在睡覺。

這睡覺就再沒有醒。我用報紙包牠起來，魚鱗沁著血，一隻眼睛一定是在地板上掙跳時弄破的。

就這樣吧，我送牠到垃圾箱去。

幾個歡快的日子

人們跳著舞，「牽牛房」那一些人們每夜跳著舞。過舊年那夜，他們就在茶桌上擺起大紅蠟燭，他們摹仿著供財神，拜祖宗。靈秋穿起紫紅綢袍，黃馬褂，腰中配著黃腰帶，他第一個跑到神桌前。老桐又是他那一套，穿起靈秋太太瘦小的旗袍，長短到膝蓋以上，大紅的臉，腦後又是用紅布包起笤帚把柄樣的東西，他跑到靈秋旁邊，他們倆是一致的，每磕一下頭，口裡就自己喊一聲口號：一、二、三……不倒翁樣不能自主地倒下又起來。後來就在地板上烘起火來，說是過年都是燒紙的……這套把戲玩得熟了，慣了！不是過年，也每天來這一套，人們看得厭了！對於這事冷淡下來，沒有人去大笑，於是又變一套把戲：捉迷藏。

客廳是個捉迷藏的地盤，四下竄走，桌子底下蹲著人，椅子倒過來扣在頭上頂著跑，電燈泡碎了一個。矇住眼睛的人受著大家的玩戲，在那昏庸的頭上摸一下，在那分張的兩手上打一下。有各式各樣的叫聲，蛤蟆叫、狗叫、豬叫還有人在裝哭。要想捉住一個很不容易，從客廳的四個門會跑到那些小屋去。有時瞎子就摸到小屋去，從門後扯出一個來，也有時誤捉了靈秋的小孩。雖然說不準向小屋跑，但總是跑。後一次瞎子摸到王女士的門扇。

「那門不好進去。」有人要告訴他。

「看著，看著不要吵嚷！」又有人說。

全屋靜下來，人們覺得有什麼奇蹟要發生。瞎子的手接觸到門扇，他觸到門上的銅環響，眼看他就要進去把王女士捉出來，每人心裡都想著這個：看他怎樣捉啊！

「誰呀！誰？請進來！」跟著很脆的聲音開門來迎接客人了！以為她的朋友來訪她。

小浪一般沖過去的笑聲，使摸門的人臉上的罩布脫掉了，紅了臉。王女士笑著關了門。

玩得厭了！大家就坐下喝茶，不知從什麼瞎話上又拉到正經問題上。於是「做人」這個問題使大家都興奮起來。

——怎樣是「人」，怎樣不是「人」？

「沒有感情的人不是人。」

「沒有勇氣的人不是人。」

「冷血動物不是人。」

「殘忍的人不是人。」

「有人性的人才是人。」

「……」

每個人都會規定怎樣做人。有的人他要說出兩種不同做人的標準。起首是坐著說，後來站起來說，有的也要跳起來說……

「人是情感的動物，沒有情感就不能生出同情，沒有同情那就是自私，為己……結果是互相殺害，那就不是人。」那人的眼睛睜得很圓，表示他的理由充足，表示他把人的定義下得準確……

「你說的不對，什麼同情不同情，就沒有同情，中國人就是冷血動物，中國人就不是人。」第一個又站了起來，這個人他不常說話，偶然說一句使人很注意。

說完了，他自己先紅了臉，他是山東人，老桐學著他的山東調：「老猛（孟），你使（是）人不使人？」

許多人愛和老孟開玩笑，因為他老實，人們說他像個大姑娘。

「浪漫詩人」是老桐的綽號。他好喝酒，讓他作詩不用筆就能一套連著一套，連想也不用想一下。他看到什麼就給什麼作個詩；朋友來了他也作詩：「梆梆梆敲門響，呀！何人來了？」

總之，就是貓和狗打架，你若問他，他也有詩，他不喜歡談論什麼人啦！社會啦！

他躲開正在為了「人」而吵叫的茶桌，摸到一本唐詩在讀：「昨日之……日不可留……今日之日……多……煩……憂……」，讀得有腔有調，他用意就在打攪吵叫的一群。郎華正在高叫著：「不剝削人，不被人剝削的就是人。」

老桐讀詩也感到無味。

「走！走啊！我們喝酒去。」

他看一看只有靈秋同意他，所以他又說：「走，走，喝酒去。我請客……」

客請完了！差不多都是醉著回來。郎華反反覆覆地唱著半段歌，是維特別離綠蒂的故事，人人喜歡聽，也學著唱。

聽到哭聲了！正像綠蒂一般年輕的姑娘被歌聲引動著，哪能不哭？是誰哭？就是王女士。單身的男人在客廳中也被感動了，倒不是被歌聲感動，而是被少女的明脆而好聽的哭聲所感動，在地心不住地打著轉。尤其是老桐，他貪婪的耳朵幾乎豎起來，脖子一定更長了點，他到門邊去聽，他故意說：「哭什麼？真沒意思！」其實老桐感到很有意思，所以他聽了又聽，說了又說：「沒意思。」

不到幾天，老桐和那女士戀愛了！那女士也和大家熟識了！也到客廳來和大家一道跳舞。從那時起，老桐的胡鬧也是高等的胡鬧了！

在王女士面前，他恥於再把紅布包在頭上，當靈秋叫他去跳滑稽舞的時候，他說：「我不跳啦！」一點興致也不表示。

等王女士從箱子裡把粉紅色的面紗取出來：「誰來當小姑娘，我給他化妝。」「我來，我……我來……」老桐他怎能像個小姑娘？他像個長頸鹿似的跑過去。他自己覺得很好的樣子，雖然是胡鬧，也總算是高等的胡鬧。頭上頂著面紗，規規矩矩地、平平靜靜地在地板上動著步。

但給人的感覺無異於他腦後的顫動著紅掃帚柄的感覺。別的單身漢，就開始羨慕幸福的老桐。可是老桐的幸福還沒十分摸到，那女士已經和別人戀愛了！

所以「浪漫詩人」就開始作詩。正是這時候他失一次盜：丟掉他的毛毯，所以他就作詩「哭毛毯」。哭毛毯的詩作得很多，過幾天來一套，過幾天又來一套。朋友們看到他就問：「你的毛毯哭得怎樣了？」

女教師

一個初中學生，拿著書本來到家裡上課，郎華一大聲開講，我就躲到廚房裡去。第二天，那個學生又來，就沒拿書，他說他父親不許他讀白話文，打算讓他做商人，說白話文沒有用；讀古文他父親供給學費，讀白話文他父親就不管。

最後，他從口袋摸出一張一元票子給郎華。

「很對不起先生，我讀一天書，就給一元錢吧！」那學生很難過的樣子，他說他不願意學買賣。手拿著錢，他要哭似的。

郎華和我同時覺得很不好過，臨走時，強迫把他的錢給他裝進衣袋。

郎華的兩個讀中學課本的學生也不讀了！他實在不善於這行業，到現在我們的生命線又斷盡。胖朋友剛搬過家，我就拿了一張郎華寫的條子到他家去。回來時我是帶著米、麵、木柈，還有幾角錢。

我眼睛不住地盯住那馬車，怕那車夫拉了木柈跑掉。所以我手下提著用紙盒盛著的米，因為我在快走而震搖著；又怕小麵袋從車上翻下來，趕忙跑到車前去弄一弄。

聽見馬的鈴鐺響，郎華才出來！這一些東西很使他歡樂，親切地把小麵袋先拿進屋去。他穿著很單的衣裳，就在窗前擺堆著木柈。

「進來暖一暖再出去……凍著！」可是招呼不住他。始終擺完才進來。

「天真夠冷。」他用手扯住很紅的耳朵。

他又呵著氣跑出去，他想把火爐點著，這是他第一次點火。

「柈子真不少，夠燒五六天啦！米麵也夠吃五六天，又不怕啦！」

他弄著火，我就洗米燒飯。他又說了一些看見米麵時特有高興的話，我簡直沒理他。

米麵就這樣早飯晚飯的又快不見了，這就到我做女教師的時候了！

我也把桌子上鋪了一塊報紙，開講的時候也是很大的聲。郎華一看，我就要笑。他也是常常躲到廚房去。我的女學生，她讀小學課本，什麼豬啦，羊啦，狗啦！這一類字都不用我教她，她搶著自己念：「我認識，我認識！」

不管在什麼地方碰到她認識的字，她就先一個一個念出來，不讓她念也不行，因為她比我的歲數還大，我總有點不好意思。她先給我拿五元錢，並說：「過幾天我再交那五元。」

四五天她沒有來，以為她不會再來了。那天，我正在燒晚飯，她跑來。她說她這幾天生病。我看她不像生病，那麼她又來做什麼呢？過了好久，她站在我的身邊：「先生，我有點事求求你！」

「什麼事？說吧……」我把蔥花加到油裡去炸。

她的紙單在手心握得很熱，交給我，這是藥方嗎？信嗎？都不是。

藉著爐臺上那個流著油的小蠟燭看，看不清，怕是再點兩支蠟燭我也看不清，因為我不認識那樣的字。

「這是《易經》上的字！」郎華看了好些時才說。

「我批了個八字，找了好些人也看不懂，我想先生是很有學問的人，我拿來給先生看看。」

這次她走去，再也沒有來，大概她覺得這樣的先生教不了她，連個「八字」都說不出所以然來！

春意掛上了樹梢

三月花還沒有開，人們嗅不到花香，只是馬路上融化了積雪的泥濘乾起來。天空打起朦朧的多有春意的雲彩；暖風和輕紗一般浮動在街道上，院子裡。春末了，關外的人們才知道春來。春是來了，街頭的白楊樹竄著芽，拖馬車的馬冒著氣，馬車夫們的大氈靴也不見了，行人道上外國女人的腳又從長統套鞋裡顯現出來。笑聲、見面打招呼聲，又復活在行人道上。商店為著快快地傳播春天的感覺，櫥窗裡的花已經開了，草也綠了，那是布置著公園的夏景。我看得很凝神的時候，有人撞了我一下，是汪林，她也戴著那樣小簷的帽子。

「天真暖啦！走路都有點熱。」

看著她轉過「商市街」，我們才來到另一家店鋪，並不是買什麼，只是看看，同時晒晒太陽。這樣好的行人道，有樹，也有椅子，坐在椅子上，把眼睛閉起，一切春的夢，春的謎，春的暖力……這一切把自己完全陷進去。

聽著，聽著吧！春在歌唱……

「大爺，大奶奶……幫幫吧！……」這是什麼歌呢，從背後來的？這不是春天的歌吧！

那個叫化子嘴裡吃著個爛梨，一條腿和一隻腳腫得把另一隻顯得好像不存在似的。

「我的腿凍壞啦！大爺，幫幫吧！唉唉……！」

有誰還記得冬天？陽光這樣暖了！街樹竄著芽！

手風琴在隔道唱起來，這也不是春天的調，只要一看那個瞎人為著拉琴而挪歪的頭，就覺得很殘忍。瞎人他摸不到春天，他沒有。壞了腿的人，他走不到春天，他有腿也等於無腿。

世界上這一些不幸的人，存在著也等於不存在，倒不如趕早把他們消滅掉，免得在春天他們會唱這樣難聽的歌。

汪林在院心吸著一支菸卷，她又換一套衣裳。那是淡綠色的，和樹枝發出的芽一樣的顏色。她腋下夾著一封信，看見我們，趕忙把信送進衣袋去。

「大概又是情書吧！」郎華隨便說著玩笑話。

她跑進屋去了。香菸的煙縷在門外打了一下旋捲才消滅。

夜，春夜，中央大街充滿了音樂的夜。流浪人的音樂，日本舞場的音樂，外國飯店的音樂……七點鐘以後。中央大街的中段，在一條橫口，那個很響的擴音機哇哇地叫起來，這歌聲差不多響徹全街。若站在商店的玻璃窗前，會疑心是從玻璃發著震響。一條完全在風雪裡寂寞的大街，今天第一次又號叫起來。

外國人、紳士樣的、流氓樣的、老婆子、少女們，跑了滿街……有的連起人排來封閉住商店的窗子，但這只限於年輕人。也有的同唱機一樣唱起來，但這也只限於年輕人。

這好像特有的年輕人的集會。他們和姑娘們一道說笑，和姑娘們連起排來走。中國人來混在這些捲髮人中間，少得只有七分之一，或八分之一。但是汪林在其中，我們又遇到她。她和另一個也和她同樣打扮漂亮的、白臉的女人同走……捲髮的人用俄國話說她漂亮。她也用俄國話和他們笑了一陣。

中央大街的南端，人漸漸稀疏了。

牆根、轉角，都發現著哀哭，老頭子、孩子、母親們……哀哭著的是永久被人間遺棄的人們！那邊，還望得見那邊快樂的人群。還聽得見那邊快樂的聲音。

三月，花還沒有，人們嗅不到花香。

夜的街，樹枝上嫩綠的芽子看不見，是冬天吧？是秋天吧？但快樂的人們，不問四季總是快樂；哀哭的人們，不問四季也總是哀哭！

公園

樹葉搖搖曳曳地掛滿了池邊。一個半胖的人走在橋上，他是一個報社的編輯。

「你們來多久啦？」他一看到我們兩個在長石凳上就說。

「多幸福，像你們多幸福，兩個人逛逛公園……」

「坐在這裡吧。」郎華招呼他。

我很快地讓一個位置。但他沒有坐，他的鞋底無意地踢撞著石子，身邊的樹葉讓他扯掉兩片。他更煩惱了，比前些日子看見他更有點兩樣。

「你忙嗎？稿子多不多？」

「忙什麼！一天到晚就是那一點事，發下稿去就完，連大樣子也不看。忙什麼，忙著幻想！」

「什麼信！那……一點意思也沒有，戀愛對於膽小的人是一種刑罰。」

讓他坐下，他故意不坐下；沒有人讓他，他自己會坐下。

於是他又用手拔著腳下的短草。他滿臉似乎蒙著灰色。

「要戀愛，那就大大方方地戀愛，何必受罪？」郎華搖一下頭。一個小信封，小得有些神祕意味的，從他的口袋裡拔出來，拔著蝴蝶或是什麼會飛的蟲兒一樣，他要把那信給郎華看，結果只是他自己把頭歪了歪，那信又放進了衣袋。

「愛情是苦的呢，是甜的？我還沒有愛她，對不對？家裡來信說我母親死了那天，我失眠了一夜，可是第二天就恢復了。為什麼她……她使我不安會整天，整夜？才通信兩個禮拜，我覺得我的頭髮也脫落了不少，嘴上的小鬍也增多了。」

當我們站起要離開公園時，又來一個熟人：「我煩憂啊！我煩憂啊！」像唱著一般說。

我和郎華踏上木橋了，回頭望時，那小樹叢中的人影也像對那個新來的人說：「我煩憂啊！我煩憂啊！」

我每天早晨看報，先看文藝欄。這一天，有編者的說話：

摩登女子的口紅，我看正相同於「血」。資產階級的小姐們怎樣活著的？不是吃血活著嗎？不能否認，那是個鮮明的標記。人塗著人的「血」在嘴上，那是汙濁的嘴，嘴上帶著血腥和血色，那是汙濁的標記。

我心中很佩服他，因為他來得很乾脆。我一面讀報，一面走到院子裡去，晒一晒清晨的太陽。汪林也在讀報。

「汪林，起得很早！」

「你看，這一段，什麼小姐不小姐，『血』不『血』的！這罵人的是誰？」

那天郎華把他做編輯的朋友領到家裡來，是帶著酒和菜回來的。郎華說他朋友的女友到別處去進大學了。於是喝酒，我是幫閒喝，郎華是勸朋友。至於被勸的那個朋友呢？他嘴裡哼著京調哼得很難聽。

和我們的窗子相對的是汪林的窗子。裡面胡琴響了。那是汪林拉的胡琴。

天氣開始熱了，趁著太陽還沒走到正空，汪林在窗下長凳上洗衣服。編輯朋友來了，郎華不在家，他就在院心裡來回走轉，可是郎華還沒有回來。

「自己洗衣服，很熱吧！」

「洗得乾淨。」汪林手裡拿著肥皂答他。

郎華還不回來，他走了。

夏夜

汪林在院心坐了很長的時間了。小狗在她的腳下打著滾睡了。

「你怎麼樣？我胳臂疼。」

「你要小聲點說，我媽會聽見。」

我抬頭看，她的母親在紗窗裡邊，於是我們轉了話題。在江上搖船到「太陽島」去洗澡這些事，她是背著她的母親的。

第二天，她又是去洗澡。我們三個人租一條小船，在江上蕩著。清涼的，水的氣味。郎華和我都唱起來了。汪林的嗓子比我們更高。小船浮得飛起來一般。

夜晚又是在院心乘涼，我的胳臂為著搖船而痛了，頭覺得發脹。我不能再聽那一些話感到趣味。什麼戀愛啦，誰的未婚夫怎樣啦，某某同學結婚，跳舞……我什麼也不聽了，只是想睡。

「你們談吧。我可非睡覺不可。」我向她和郎華告辭。

睡在我腳下的小狗，我誤踏了牠，小狗還在哽哽地叫著，我就關了門。

最熱的幾天，差不多天天去洗澡，所以夜夜我早早睡。郎華和汪林就留在暗夜的院子裡。

只要接近著床，我什麼全忘了。汪林那紅色的嘴，那少女的煩悶……夜夜我不知道郎華什麼時候回屋來睡覺。就這樣，我不知過了幾天了。

「她對我要好，真是……少女們。」

「誰呢？」

「那你還不知道！」

「我還不知道。」我其實知道。

很窮的家庭教師，那樣好看的有錢的女人竟向他要好了。

「我坦白地對她說了：我們不能夠相愛的，一方面有吟，一方面我們彼此相差得太遠……你沉靜點吧……」他告訴我。

又要到江上去搖船。那天又多了三個人，汪林也在內。一共是六個人：陳成和他的女人，郎華和我，汪林，還有那個編輯朋友。

停在江邊的那一些小船動盪得落葉似的。我們四個跳上了一條船，當然把汪林和半胖的人丟下。他們兩個就站在石堤上。本來是很生疏的，因為都是一對一對的，所以我們故意要看他們兩個也配成一對，我們的船離岸很遠了。

「你們壞呀！你們壞呀！」汪林仍叫著。

為什麼罵我們壞呢？那人不是她一個很好的小水手嗎？為她蕩著槳，有什麼不願意嗎？也許汪林和我的感情最好，也許也最願意和我同船。船蕩得那麼遠了，一切江岸上的聲音都隔絕，江沿上的人影也消滅了輪廓。

水聲、浪聲，郎華和陳成混合著江聲在唱。遠遠近近的那一些女人的陽傘，這一些船，這一些幸福的船呀！滿江上是幸福的船，滿江上是幸福了！人間、岸上，沒有罪惡了吧！

再也聽不到汪林的喊，他們的船是脫開離我們很遠了。

郎華故意把槳打起的水星落到我的臉上。船越行越慢，但郎華和陳成流起汗來。槳板打到江心的沙灘了，小船就要擱淺在沙灘上。這兩個勇敢的大魚似的跳下水去，在大江上挽著船行。

一入了灣，把船任意停在什麼地方都可以。

我浮水是這樣浮的：把頭昂在水外，我也移動著，看起來在浮，其實手卻抓著江底的泥沙，鱷魚一樣，四條腿一起爬著浮。那只船到來時，聽著汪林在叫。很快她脫了衣裳，也和我一樣抓著江底在爬，但她是快樂的，爬得很有意思。在沙灘上滾著的時候，居然很熟識了，她把傘打起來，給她同船的人遮著太陽，她保護著他。陳成揚著沙子飛向他：「陵，著鏢吧！」

汪林和陵站了一隊，用沙子反攻。

我們的船出了灣，已行在江上時，他們兩個仍在沙灘上走著。

「你們先走吧，看我們誰先上岸。」汪林說。

太陽的熱力在江面上開始減低，船是順水行下去的。他們還沒有來，看過多少只船，看過多少柄陽傘，然而沒有汪林的陽傘。太陽西沉時，江風很大了，浪也很高，我們有點擔心那只船。李說那只船是「迷船」。

四個人在岸上就等著這「迷船」，意想不到的是他們繞著彎子從上游來的。

汪林不罵我們是壞人了，風吹著她的頭髮，那興奮的樣子，這次搖船好像她比我們得到的快樂更大，更多……

早晨在看報時，編輯居然作詩了。大概就是這樣的意思：願意風把船吹翻，願意和美人一起沉下江去……

我這樣一說，就沒有詩意了。總之，可不是前幾天那樣的話，什麼摩登女子吃「血」活著啦，小姐們的嘴是吃「血」的嘴啦……總之可不是那一套。這套比那套文雅得多，這套說摩登女子是天仙，那套說摩登女子是惡魔。

汪林和郎華在夜間也不那麼談話了。陵編輯一來，她就到我們屋裡來，因此陵到我們家來的次數多多了。

「今天早點走……多玩一會，你們在街角等我。」這樣的話，汪林再不向我們說了。她用不到約我們去「太陽島」了。

伴著這吃人血的女子在街上走，在電影院裡會，他也不怕她會吃他的血，還說什麼怕呢，常常在那紅色的嘴上接吻，正因為她的嘴和血一樣紅才可愛。

罵小姐們是惡魔是羡的意思，是伸手去攫取怕她逃避的意思。

在街上，汪林的高跟鞋，陵的亮皮鞋，咯噔咯噔和諧地響著。

冊子

永遠不安定下來的洋燭的火光，使眼睛痛了。抄寫，抄寫……

「幾千字了？」

「才三千多。」

「不手疼嗎？休息休息吧，別弄壞了眼睛。」郎華打著哈欠到床邊，兩隻手相交著依在頭後，背脊靠著鐵床的鋼骨。我還沒停下來，筆尖在紙上作出響聲……

紗窗外陣陣起著狗叫，很響的皮鞋，人們的腳步從大門道來近。不自禁的恐怖落在我的心上。

「誰來了，你出去看看。」

郎華開了門，李和陳成進來。他們是劇團的同志，帶來的一定是劇本。我沒接過來看，讓他們隨便坐在床邊。

「吟真忙，又在寫什麼？」

「沒有寫，抄一點什麼。」我又拿起筆來抄。

他們的談話，我一句半句地聽到一點，我的神經開始不能統一，時時寫出錯字來，或是丟掉字，或是寫重字。

蚊蟲啄著我的腳面，後來在燈下也嗡嗡叫，我才放下不寫。

呵呀呀，蚊蟲滿屋了！門扇仍大開著。一個小狗崽溜走進來，又捲著尾巴跑出去。

關起門來，蚊蟲仍是飛……我用手搔著作癢的耳，搔著腿和腳……手指的骨節搔得腫脹起來，這些中了蚊毒的地方，使我已經發酸的手腕不得不停下。我的嘴唇腫得很高，眼邊也感到發熱和緊脹。這裡搔搔，那裡搔搔，我的手感到不夠用了。

「冊子怎麼樣啦？」李的菸捲在嘴上冒煙。

「只剩這一篇。」郎華回答。

「封面是什麼樣子？」

「就是等著封面呢……」

第二天，我也跟著跑到印刷局去。使我特別高興，折得很整齊的一帖一帖的都是要完成的冊子，比兒時母親為我製一件新衣裳更覺歡喜。我又到排鉛字的工人旁邊，他手下按住的正是一個題目，很大的鉛字，方的，帶來無限的感情，那正是我的那篇〈夜風〉。

那天預先吃了一頓外國包子，郎華說他為著冊子來敬祝我，所以到櫃臺前叫那人倒了兩個杯「伏特克」酒。我說這是為著冊子敬祝他。

被大歡喜追逐著，我們變成孩子了！走進公園，在大樹下乘了一刻涼，覺得公園是滿足的地方。望著樹梢頂邊的天。外國孩子們在地面弄著沙土。因為還是上午，遊園的人不多，日本女人撐著傘走。賣「冰淇淋」的小板房洗刷著杯子。我忽然覺得渴了，但那一排排的透明的汽水瓶子，並不引誘我們。我還沒有養成那樣的習慣，在公園還沒喝過一次那樣東西。

「我們回家去喝水吧。」只有回家去喝冷水，家裡的冷水才不要錢。

拉開第一扇門，大草帽被震落下來。喝完了水，我提議戴上大草帽到江邊走走。

赤著腳，郎華穿的是短褲，我穿的是小短裙子，向江邊出發了。

兩個人漁翁似的，時時在沿街玻璃窗上反映著。

「划小船吧，多麼好的天氣！」到了江邊我又提議。

「就剩兩毛錢……但也可以划，都花了吧！」

擇一個船底鋪著青草的，有兩副槳的船。和船夫說明，一點鐘一角五分。並沒打算洗澡，連洗澡的衣裳也沒有穿。船夫給推開了船，我們向江心去了。兩副槳翻著，順水下流，好像江岸在退走。我們不是故意去尋，任意遇到了一個沙洲，有兩方丈的沙灘突出江心，郎華勇敢地先跳上沙灘，我膽怯、遲疑著，怕沙洲會沉下江底。

最後洗澡了，就在沙洲上脫掉衣服。郎華是完全脫的。我看了看江沿洗衣人的面孔是辨不出來的，那麼我借了船身的遮掩，才爬下水底把衣服脫掉。我時時靠沙灘，怕水流把我帶走。江浪擊撞著船底，我拉住船板，頭在水上，身子在水裡，水光、天光，離開了人間一般的。當我躺在沙灘晒太陽時，從北面來了一隻小划船。我慌張起來，穿衣裳已經來不及，怎麼好呢？爬下水去吧！船走過，我又爬上來。

我穿好衣服。郎華還沒穿好。他找他的襯衫，他說他的襯衫洗完了就掛在船板上，結果找不到。遠處有白色的東西浮著，他想一定是他的襯衫了。划船去追白色的東西，那白東西走得很慢，那是一條魚，死掉的白色的魚。

雖然丟掉了襯衫並不感到可惜，郎華赤著膀子大嚷大笑地把魚捉上來，大概他覺得在江上能夠捉到魚是一件很有本領的事。

「晚飯就吃這條魚，你給煎煎牠。」

「死魚不能吃，大概臭了。」

他趕快把魚鰓掀給我看：「你看，你看，這樣紅就會臭的？」

直到上岸，他才靜下去。

「我怎麼辦呢！光著膀子，在中央大街上可怎樣走？」他完全靜下去了，大概這時候忘了他的魚。

我跑到家去拿了衣裳回來，滿頭流著汗。可是，他在江沿和碼頭夫們在一起喝茶了。在那個樣的布棚下吹著江風。他第一句和我說的話，想來是：「你熱吧？」但他不是問我，他先問魚：「你把魚放在哪裡啦？用涼水泡上沒有？」

「五分錢給我！」我要買醋，煎魚要用醋的。

「一個銅板也沒剩，我喝了茶，你不知道？」

被大歡喜追逐著的兩個人，把所有的錢用掉，把襯衣丟到大江，換得一條死魚。

等到吃魚的時候，郎華又說：「為著冊子，我請你吃魚。」

這是我們創作的一個階段，最前的一個階段，冊子就是劃分這個階段的東西。

八月十四日，家家準備著過節的那天。我們到印刷局去，自己開始裝訂，裝訂了一整天。郎華用拳頭打著背，我也感到背痛。

於是郎華跑出去叫來一部斗車，一百本冊子提上車去。就在夕陽中，馬脖子上顛動著很響的鈴子，走在回家的道上。

家裡，地板上擺著冊子，朋友們手裡拿著冊子，談論也是冊子。同時關於冊子出了謠言：沒收啦！日本憲兵隊逮捕啦！

逮捕可沒有逮捕，沒收是真的。送到書店去的書，沒有幾天就被禁止發賣了。

劇團

冊子帶來了恐怖。黃昏時候，我們排完了劇，和劇團那些人出了「民眾教育館」，恐怖使我對於家有點不安。街燈亮起來，進院，那些人跟在我們後面。門扇、窗子，和每日一樣安然地關著。我十分放心，知道家中沒有來過什麼惡物。

失望了，開門的鑰匙由郎華帶著，於是大家只好坐在窗下的樓梯口。李買的香瓜，大家就吃香瓜。

汪林照樣吸著菸。她掀起紗窗簾向我們這邊笑了笑。陳成把一個香瓜高舉起來。

「不要。」她搖頭，隔著玻璃窗說。

我一點趣味也感不到，一直到他們把公演的事情議論完，我想的事情還沒停下來。

我願意他們快快走，我好收拾箱子，好像箱子裡面藏著什麼使我和郎華犯罪的東西。

那些人走了，郎華從床底把箱子拉出來，洋燭立在地板上，我們開始收拾了。弄了滿地紙片，什麼犯罪的東西也沒有。但不敢自信，怕書頁裡邊夾著罵「滿洲國」的，或是罵什麼的字跡，所以每冊書都翻了一遍。一切收拾好，箱子是空空洞洞的了。一張高爾基的照片，也把它燒掉。大火爐燒得烤痛人的面。我燒得很快，日本憲兵就要來捉人似的。

當我們坐下來喝茶的時候，當然是十分定心了，十分有把握了。一張吸墨紙我無意地玩弄著，我把腰挺得很直，很大方的樣子，我的心像被拉滿的弓放了下來一般的鬆適。

我細看紅鉛筆在吸墨紙上寫的字，那字正是犯法的字：——小日本子，走狗，他媽的「滿洲國」……

我連再看一遍也沒有看，就送到火爐裡邊。

「吸墨紙啊？是吸墨紙！」郎華可惜得跺著腳。等他發覺那已開始燒起了：「那樣大一張吸墨紙你燒掉它，燒花眼了？什麼都燒，看用什麼！」

他過於可惜那張吸墨紙。我看他那種樣子也很生氣。吸墨紙重要，還是拿生命去開玩笑重要？

「為著一個蝨子燒掉一件棉襖！」郎華罵我，「那你就不會把字剪掉？」

我哪想起來這樣做！真傻，為著一塊瘡疤丟掉一個蘋果！

我們把「滿洲國」建國紀念明信片擺到桌上，那是朋友送給的，很厚的一打。還有兩本上面寫著「滿洲國」字樣的不知是什麼書，連看也沒有看也擺起來。桌子上面很有意思：〈離騷〉、《李後主詞》、《石達開日記》，他當家庭教師用的小學算術教本。

一本《世界各國革命史》也從桌子抽下去，郎華說那上面載著日本怎樣壓迫朝鮮的歷史，所以不能擺在外面。我一聽說有這種重要性，馬上就要去燒掉，我已經站起來了，郎華把我按下：「瘋了嗎？你瘋了嗎？」

我就一聲不響了，一直到滅了燈睡下，連呼吸也不能呼吸似的。在黑暗中我把眼睛張得很大。院中的狗叫聲也多起來。大門扇響得也厲害了。總之，一切能發聲的東西都比平常發的聲音要高，平常不會響的東西也被我新發現著，棚頂發著響，洋瓦房蓋被風吹著也響，響，響……

郎華按住我的胸口……我的不會說話的胸口。鐵大門震響了一下，我跳了一下。

「不要怕，我們有什麼呢？什麼也沒有。謠傳不要太認真。他媽的，哪天捉去哪天算！睡吧，睡不足，明天要頭疼的……」

他按住我的胸口。好像給惡夢驚醒的孩子似的，心在母親的手下大跳著。

有一天，到一家影戲院去試劇，散散雜雜的這一些人，從我們的小房出發。

全體都到齊，只少了徐志，他一次也沒有不到過，要試演他就不到，大家以為他病了。

很大的舞臺，很漂亮的垂幕。我扮演的是一個老太婆的角色，還要我哭，還要我生病。

把四個椅子拼成一張床，試一試倒下去，我的腰部觸得很疼。

先試給影戲院老闆看的，是郎華飾的《小偷》中的杰姆和李飾的律師夫人對話的那一幕。

我是另外一個劇本，還沒挨到我，大家就退出影戲院了。

三個劇排了三個月，若說演不出，總有點可惜。

「關於你們冊子的風聲怎麼樣？」

「沒有什麼。怕狼、怕虎是不行的。這年頭只得碰上什麼算什麼……」郎華是剛強的。

又是冬天

窗前的大雪白絨一般，沒有停地在落，整天沒有停。我去年受凍的腳完全好起來，可是今年沒有凍，壁爐著得呼呼發響，時時起著木柈的小炸音；玻璃窗簡直就沒被冰霜蔽住；柈子不像去年擺在窗前，而是裝滿了柈子房的。

我們決定非「回國」[1]不可。每次到書店去，一本雜誌也沒有，至於別的書，那還是三年前擺在玻璃窗裡退了色的舊書。

非去不可，非走不可。

遇到朋友，我們就問：「海上幾月裡浪小？小海船是怎樣量法？」因為我們都沒航過海，海船那樣大，在圖畫上看見也是害怕，所以一經過「萬國車票公司」的窗前，必須要停住許多時候，要看窗子裡立著的大圖畫，我們計算著這海船有多麼高啊！都說海上無風三尺浪，我在玻璃上就用手去量，看海船有海浪的幾倍高？結果那太差遠了！海船的高度等於海浪的二十倍。我說海船六丈高。

[1] 當時哈爾濱屬「滿洲國」，因此離開哈爾濱到關裡，等於是從滿洲國回中國。

「哪有六丈？」郎華反對我，他又量量：「哼！可不是嗎！差不多……海浪三尺，船高是二十三尺。」

也有時因為我反覆著說：「有那麼高嗎？沒有吧！也許有！」

郎華聽了就生起氣了，因為海船的事差不多在街上就吵架……

可是朋友們不知道我們要走。有一天，我們在胖朋友家裡舉起酒杯的時候，嘴裡吃著燒雞的時候，郎華要說，我不叫他說，可是到底說了。

「走了好！我看你早就該走！」以前胖朋友常這樣說：「郎華，你走吧！我給你們對付點路費。我天天在××科裡邊聽著問案子。皮鞭子打得那個響！哎，走吧！我想要是我的朋友也弄去……那聲音可怎麼聽？我一看那行人，我就想到你……」

老秦來了，他是穿著一件嶄新的外套，看起來帽子也是新的，不過沒有問他，他自己先說：「你們看我穿新外套了吧？非去上海不可，忙著做了兩件衣裳，好去進當鋪，賣破爛，新的也值幾個錢……」

聽了這話，我們很高興，想不說也不可能：「我們也走，非走不可，在這個地方等著活剝皮嗎？」郎華說完了就笑了：

「你什麼時候走？」

「那麼你們呢？」

「我們沒有一定。」

「走就五六月走，海上浪小……」

「那麼我們一同走吧！」

老秦並不認為我們是真話，大家隨便說了不少關於走的事情，怎樣走法呢？怕路上檢查，怕路上盤問，到上海什麼朋友也沒有，又沒有錢。說得高興起來，逼真了！帶著幻想了！老秦是到過上海的，他說四馬路怎樣怎樣！他說上海的窮是怎樣的窮法……

他走了以後，雪還沒有停。我把火爐又放進一塊木柈去。又到燒晚飯的時間了！我想一想去年，想一想今年，看一看自己的手骨節脹大了一點，個子還是這麼高，還是這麼瘦……

這房子我看得太熟了，至於牆上或是棚頂有幾個多餘的釘子，我都知道。郎華呢？沒有瘦胖，他是照舊，從我認識他那時候起，他就是那樣，顴骨很高，眼睛小，嘴大，鼻子是一條柱。

「我們吃什麼飯呢？吃麵或是飯？」

居然我們有米有麵了，這和去年不同，忽然那些回想牽住了我……借到兩角錢或一角錢……空手他跑回來……抱著新棉袍去進當鋪。

我想到我凍傷的腳，下意識地看了一下腳。於是又想到桙子，那樣多的桙子，燒吧！

我就又去搬了木桙進來。

「關上門啊！冷啊！」郎華嚷著。

他仍把兩手插在褲袋，在地上打轉；一說到關於走，他不住地打轉，轉起半點鐘來也是常常的事。

秋天，我們已經裝起電燈了。隱在燈下抄自己的稿子。郎華又跑出去，他是跑出去玩，這可和去年不同，今年他不到外面當家庭教師了。

門前的黑影

從昨夜，對於震響的鐵門更怕起來，鐵門扇一響，就跑到過道去看，看過四五次都不是，但願它不是。清早了，某個學校的學生，他是郎華的朋友，他戴著學生帽，進屋也沒有脫，他連坐下也不坐下就說：「風聲很不好，關於你們，我們的同學弄去了一個。」

「什麼時候？」

「昨天。學校已經放假了，他要回家還沒有定。今天一早又來日本憲兵，把全宿舍檢查一遍，每個床鋪都翻過，翻出一本《戰爭與和平》來……」

「《戰爭與和平》又怎麼樣？」

「你要小心一點，聽說有人要給你放黑箭。」

「我又不反滿，不抗日，怕什麼？」

「別說這一套話，無緣無故就要拿人，你看，把《戰爭與和平》那本書就帶了去，說是調查調查，也不知道調查什麼？」

說完他就走了。問他想放黑箭的是什麼人？他不說。過一會，又來一個人，同樣是慌張，也許近些日子看人都是慌張的。

「你們應該躲躲，不好吧！外邊都傳說劇團不是個好劇團。那個團員出來了沒有？」

我們送走了他，就到公園走走。冰池上小孩們在上面滑著冰，日本孩子、俄國孩子、中國孩子……

我們繞著冰池走了一周，心上帶著不愉快……所以彼此不講話，走得很沉悶。

「晚飯吃麵吧！」他看到路北那個切麵鋪才說，我進去買了麵條。

回到家裡，書也不能看，俄語也不能讀，開始慢慢預備晚飯吧！雖然在預備吃的東西也不高興，好像不高興吃什麼東西。

木格上的鹽罐裝著滿滿的白鹽，鹽罐旁邊擺著一包大海米，醬油瓶、醋瓶、香油瓶，還有一罐炸好的肉醬。牆角有米袋、麵袋，柈子房滿堆著木料……這一些並不感到滿足，用肉醬拌麵條吃，倒不如去年米飯拌著鹽吃舒服。

「商市街」口，我看到一個人影，那不是尋常的人影，即像日本憲兵。我繼續前走，怕是郎華知道要害怕。

走了十步八步，可是不能再走了！那穿高筒皮靴的人在鐵門外盤旋。我停止下，想要細看一看。郎華和我同樣，他也早就注意上這人。我們想逃。他是在門口等我們吧！

不用猜疑，路南就停著小「電驢子」，並且那日本人又走到路南來，他的姿勢表示著他的耳朵也在傾聽。

不要家了，我們想逃，但是逃向哪裡呢？

那日本人連刀也沒有佩，也沒有別的武裝，我們有點不相信他就會拿人。我們走進路南的洋酒麵包店去，買了一塊麵包，我並不要買腸子，掌櫃的就給切了腸子，因為我是聚精會神地在注意玻璃窗外的事情。那沒有佩刀的日本人轉著彎子慢慢走掉了。

這真是一場大笑話，我們就在鋪子裡消費了三角五分錢，從玻璃門出來，帶著三角五分錢的麵包和腸子。假若是更多的錢在那當兒就丟在馬路上，也不覺得可惜……

「要這東西做什麼呢？明天襪子又不能買了。」事件已經過去，我懊悔地說。

「我也不知道，誰叫你進去買的？想怨誰？」

郎華在前面哐哐地開著門，屋中的熱氣快撲到臉上來。

一個南方的姑娘

郎華告訴我一件新的事情，他去學開汽車回來的第一句話說：「新認識一個朋友，她從上海來，是中學生。過兩天還要到家裡來。」

第三天，外面打著門了！我先看到的是她頭上紮著漂亮的紅帶，她說她來訪我。老王在前面引著她。大家談起來，差不多我沒有說話，我聽著別人說。

「我到此地四十天了！我的北方話還說不好，大概聽得懂吧！老王是我到此地才認識的。那天巧得很，我看報上為著戲劇在開著筆戰，署名郎華的我同情他……我同朋友們說：這位郎華先生是誰？論文作得很好。因為老王的介紹，上次，見到郎華……」

我點著頭，遇到生人，我一向是不會說什麼話，她又去拿桌上的報紙，她尋找筆戰繼續的論文。我慢慢地看著她，大概她也慢慢地看著我吧！她很漂亮、很素淨，臉上不塗粉，頭髮沒有捲起來，只是紮了一條紅綢帶，這更顯得特別風味，又美又淨，葡萄灰色的袍子上面，有黃色的花，只是這件袍子我看不很美，但也無損於美。到晚上，這美人似的人就在我們家裡吃晚飯。在吃飯以前，汪林也來了！汪林是來約郎華去滑冰，她從小孔窗看了一下：

「郎華不在家嗎?」她接著「唔」了一聲。

「你怎麼到這裡來?」汪林進來了。

「我怎麼就不許到這裡來?」

我看得她們這樣很熟的樣子，更奇怪。我說:「你們怎麼也認識呢?」

「我們在舞場裡認識的。」汪林走了以後，她告訴我。

從這句話當然也知道程女士也是常常進舞場的人了!汪林是漂亮的小姐，當然程女士也是，所以我就不再留意程女士了。

環境和我不同的人來和我做朋友，我感不到興味。

郎華肩著冰鞋回來，汪林大概在院中也看到了他，所以也跟進來。這屋子就熱鬧了!

汪林的胡琴、口琴都跑去拿過來。

郎華唱:「楊延輝坐宮院。」

「哈呀呀，怎麼唱這個?這是『奴心未死』!」汪林嘲笑他。

在報紙上就是因為舊劇才開筆戰。郎華自己明明寫著，唱舊戲是奴心未死。

並且汪林聳起肩來笑得背脊靠住暖牆，她帶著西洋少婦的風情。程女士很黑，是個黑姑娘。

又過幾天，郎華為我借一雙滑冰鞋來，我也到冰場上去。程女士常到我們這裡來，她是來借冰鞋，有時我們就一起去，同時新人當然一天比一天熟起來。她漸漸對郎華比對我更熟，她給郎華寫信了，雖然常見，但是要寫信的。

又過些日子，程女士要在我們這裡吃麵條，我到廚房去調麵條。

「……喳……喳……」等我走進屋，他們又在談別的了！

程女士只吃一小碗麵就說：「飽了。」

我看她近些日子更黑一點，好像她的「愁」更多了！她不僅僅是「愁」，因為愁並不興奮，可是程女士有點興奮。我忙著收拾家具，她走時我沒有送她，郎華送她出門。

我聽得清楚楚的是在門口：「有信嗎？」

或者不是這麼說，總之跟著一聲「喳喳」之後，郎華很響的：「沒有。」

又過了些日子，程女士就不常來了，大概是她怕見我。

程女士要回南方，她到我們這裡來辭行，有我做障礙，她沒有把要訴說出來的「愁」盡量訴說給郎華。她終於帶著「愁」回南方去了。

患病

我在準備早飯，同時打開了窗子，春朝特有的氣息充滿了屋子。在大爐臺上擺著已經去了皮的地豆，小洋刀在手中仍是不斷地轉著……淺黃色帶著面性似的地豆，個個在爐臺上擺好，稀飯在旁邊冒著泡，我一面切著地豆，一面想著：江上連一塊冰也融盡了吧！公園的榆樹怕是發了芽吧！已經三天不到公園去，吃過飯非去看看不可。

「郎華呀！你在外邊盡做什麼？也來幫我提一桶水去……」

「我不管，你自己去提吧。」他在院子來回走，又是在想什麼文章。於是我跑著，為著高興。把水桶翻得很響，斜著身子從汪家廚房出來，差不多是橫走，水桶在腿邊左搖盪一下，右搖盪一下……

菜燒好，飯也燒好。吃過飯就要去江邊，去公園。春天就要在頭上飛，在心上過，然而我不能吃早飯了，肚子偶然疼起來。

我喊郎華進來，他很驚訝！但越痛越不可耐了。

他去請醫生，請來一個治喉病的醫生。

「你是患著盲腸炎吧？」醫生問我。

我疼得那個樣子，還曉得什麼盲腸炎不盲腸炎的？眼睛發黑了，醫生在我的臂上打了止痛藥針。

「張醫生，車費先請自備吧！過幾天和藥費一起送去。」郎華對醫生說。

一角錢也沒有了，我又不能說再請醫生，白打了止痛藥針，一點痛也不能止。

郎華又跑出去，我不知他跑出去做什麼，說不出懷著怎樣的心情在等他回來。

一個星期過去，我還不能從床上坐起來。第九天，郎華從外面舉著鮮花回來，插在瓶子裡，擺在桌上。

「花開了？」

「不但花開，樹還綠了呢！」

我聽說樹綠了！我對於「春」不知懷著多少意義。我想立刻起來去看看，但是什麼也不能做，腿軟得好像沒有腿了，我還站不住。

頭痛減輕一些，夜裡睡得很熟。有朋友告訴郎華：在什麼地方有一個市立的公共醫院，為貧民而設，不收藥費。

當然我掙扎著也要去的。那天是晴天，換好乾淨衣服，一步一步走出大門，坐上了人力車，郎華在車旁走，起先他是扶著車走，後來，就走在行人道上了。街樹不是發著芽的時候，已長好綠葉了！

進了診聞所，到掛號處掛了名，很長的堂屋，排著長椅子，那裡已經開始診斷。穿白衣裳的俄國女人，跑來跑去喚著名字，六七個人一起闖進病室去，過一刻就放出來，第一批人再被呼進去。到這裡來的病人，都是窮人，愁眉苦臉的一個，愁眉苦臉的一個。

撐著木棍的跛子，腳上生瘡縛著白布的腫腳人，肺癆病的女人，白布包住眼睛的盲人，包住眼睛的盲小孩，頭上生瘡的小孩。對面坐著老外國女人，閉著眼睛，把頭靠住椅子，好似睡著，然而她的嘴不住地收縮，她的包頭巾在下巴上慢慢牽動……

小孩治療室有孩子大大地哭叫。內科治療室門口。外國女人又闖出來，又叫著外國名字；一會又有中國人從外科治療室闖出來，又喊著中國名字……拐腳子和胖臉人都一起走進去……

因為我來得最晚。大概最後才能夠叫到我，等得背痛，頭痛。

「我們回去吧！明天再來。」坐在人力車上，我已無心再看街樹，這樣去投醫，病像不但沒有減輕，好像更加重了些。

不能不去，因為不要錢。第二次去，也被喚著名字走進婦科治療室。雖等了兩點鐘，到底進了婦科治療室。既然進了治療室，那該說怎樣治療法。

把我引到一個屏風後面，那裡擺著一張很寬、很高、很短的臺子，臺子的兩邊還立了兩支叉形的東西，叫我爬上這臺子。當時我可有些害怕了，爬上去做什麼呢？莫非要用刀割嗎？

我堅決地不爬上去。於是那肥胖的外國女人先上去了，沒有什麼，並不動刀。換著次序我也被治療了一回，經過這樣的治療，並不用吃藥，只在肚子上按了按，或是一面按著，一面問兩句。

我的俄文又不好，所以醫生問的，我並不全懂，馬馬虎虎地就走出治療室。醫生告訴我，明天再來一次，好把藥給我。

以後我就沒有再去，因為那天我出了診療所的時候，我是問過一個重病人的，他哼著，他的家屬哭著。我以為病人病到不可治的程度，「他們不給藥吃，說藥貴，讓自己去買，哪裡有錢買？」是這樣說向我的。

去了兩天診療所，等了幾個鐘頭。怕是再去兩天，再去等幾個鐘頭，病人就會自然而然地好起來！可惜我沒有那樣的忍耐性。

三 忠於自己，要走自己的路

十三天

「用不到一個月我們就要走的。你想想吧，去吧！不要鬧孩子脾氣，三兩天我就去看你一次……」郎華說。

為著病，我要到朋友家去休養幾天。我本不願去，那是郎華的意思，非去不可，又因為病像又要重似的，全身失去了力量，骨節痠痛。於是冒著雨，跟著朋友就到朋友家去。

汽車在斜紋的雨中前行。大雨和冒著煙一般。我想：開汽車的人怎能認清路呢！但車行得更快起來。在這樣大的雨中，人好像坐在房間裡，這是多麼有趣！汽車走出市街，接近鄉村的時候。立刻有一種感覺，好像赴戰場似的英勇。我是有病，我並沒喊一聲「美景」。汽車顛動著，我按緊著肚子，病會使一切厭煩。

當夜還不到九點鐘，我就睡了。原來沒有睡，來到鄉村，那一種落寞的心情浸透了我。又是雨夜，窗子上淅瀝地打著雨點。好像是做夢把我驚醒，全身沁著汗，這一刻又冷起來，從骨節發出一種冷的滋味，發著瘧疾似的，一刻熱了，又寒了！

要解體的樣子，我哭出來吧！沒有媽媽哭向誰去？

第二天夜又是這樣過的，第三夜又是這樣過的。沒有哭，不能哭，和一個害著病的貓兒一般，自己的痛苦自己擔當著吧！整整是一個星期，都是用被子蓋著坐在炕上，或是躺在炕上。

窗外的梨樹開花了，看著樹上白白的花兒。

到端陽節還有二十天，節前就要走的。

眼望著窗外梨樹上的白花落了！有小果子長起來，病也漸好，拿椅子到樹下去看看小果子。

第八天郎華才來看我，好像父親來了似的，好像母親來了似的，我發羞一般的，沒有和他打招呼，只是讓他坐在我的近邊。我明明知道生病是平常的事，誰能不生病呢？可是總要酸心，眼淚雖然沒有落下來，我卻耐過一個長時間酸心的滋味。好像誰虐待了我一般。那樣風雨的夜，那樣忽寒忽熱、獨自幻想著的夜。

第二次郎華又來看我，我決定要跟他回家。

「你不能回家。回家你就要勞動，你的病非休息不可，還沒有兩個星期我們就得走。剛好起來再累病了，我可沒有辦法。」

「回去，我回去……」

「好，你回家吧！沒有一點理智的人，不能克服自己的人還有什麼辦法！你回家好啦！病犯了可不要再問我！」

我又被留下，窗外梨樹上的果子漸漸大起來。我又不住地亂想：窮人是沒有家的，生了病被趕到朋友家去。

已是十三天了！

最後的一個星期

剛下過雨，我們踏著水淋的街道，在中央大街上徘徊，到江邊去呢？還是到哪裡去呢？天空的雲還沒有散，街頭的行人還是那樣稀疏，任意走，但是再不能走了。

「郎華，我們應該規定個日子，哪天走呢？」

「現在三號，十三號吧！還有十天，怎麼樣？」

我突然站住，受驚一般地，哈爾濱要與我們別離了！還有十天，十天以後的日子，我們要過在車上、海上，看不見松花江了，只要「滿洲國」存在一天，我們是不能來到這塊土地。

李和陳成也來了，好像我們走，是應該走。

「還有七天，走了好啊！」陳成說。

為著我們走，老張請我們吃飯。吃過飯以後，又去逛公園。在公園又吃冰淇淋，無論怎樣總感到另一種滋味，公園的大樹、公園夏日的風、沙土、花草、水池、假山、山頂的涼亭……這一切和往日兩樣，我沒有像往日那樣到公園裡亂跑，我是安靜靜地走，腳下的沙土慢慢地在響。

夜晚屋中又剩了我一個人，郎華的學生跑到窗前。他偷偷觀察著我，他在窗前走來走去，假裝著閒走來觀察我，來觀察這屋中的事情，觀察不足，於是問了：「我老師上哪裡去了？」

「找他做什麼？」

「找我老師上課。」

其實那孩子平日就不願意上課，他覺得老師這屋有個景況：怎麼這些日子賣起東西來？舊棉花、破皮褥子……

要搬家吧？那孩子不能確定是怎麼回事。他跑回去又把小菊也找出來，那女孩和他一般大，當然也覺得其中有個景況。我把燈閉上了，要收拾的東西，暫時也不收拾了！躺在床上，摸摸牆壁，又摸摸床邊，現在這還是我所接觸的，再過七天，這一些都別開了。

小鍋、小水壺，終歸被舊貨商人所提走，在商人手裡發著響、閃著光，走出門去！那是前年冬天，郎華從破爛市買回來的。現在又將回到破爛市去。

賣掉小水壺，我的心情更不能壓制住。不是用的自己的腿似的，到木柈房去看看許多木柈還沒有燒盡，是賣呢？是送朋友？門後還有個電爐，還有雙破鞋。

大爐臺上失掉了鍋，失掉了壺，不像個廚房樣。

一個星期已經過去四天，心情隨著時間更煩亂起來。也不能在家燒飯吃，到外面去吃，到朋友家去吃。

看到別人家的小鍋，吃飯也不能安定。後來，睡覺也不能安定。

「明早六點鐘就起來拉床，要早點起來。」

郎華說這話，覺得走是逼近了！必定得走了。好像郎華如不說，就不走了似的。

夜裡想睡也睡不安。太陽還沒出來，鐵大門就響起來，我怕著，這聲音要奪去我的心似的，昏茫地坐起來。郎華就跳下床去，兩個人從床上往下拉著被子、褥子。枕頭摔在腳上，忙忙亂亂，有人打著門，院子裡的狗亂咬著。

馬頸的鈴鐺就響在窗外，這樣的早晨已經過去，我們遭了惡禍一般，屋子空空的了。

我把行李鋪了鋪，就睡在地板上。為了多日的病和不安，身體弱得快要支持不住的樣子。郎華跑到江邊去洗他的襯衫，他回來看到我還沒有起來，他就生氣：「不管什麼時候，總是懶。起來，收拾收拾，該隨手拿走的東西，就先把它拿走。」

「有什麼收拾的，都已收拾好。我再睡一會，天還早，昨夜我失眠了。」我的腿痛、腰痛，又要犯病的樣子。

「要睡，收拾乾淨再睡，起來！」

鋪在地板上的小行李也捲起來了。牆壁從四面直垂下來，棚頂一塊塊發著微黑的地方，是長時間點蠟燭被燭煙所燻黑的。說話的聲音有些轟響。空了！在屋子裡邊走起來很曠蕩……

還吃最後的一次早餐——麵包和腸子。

我手提個包袱。郎華說：「走吧！」他推開了門。

這正像乍搬到這房子郎華說「進去吧」一樣，門開著我出來了，我腿發抖，心往下沉墜，忍不住這從沒有落下來的眼淚，是哭的時候了！應該流一流眼淚。

我沒有回轉一次頭走出大門，別了家屋！街車、行人、小店鋪、行人道旁的楊樹。轉角了！

別了，「商市街」！

小包袱在手上挎著。我們順了中央大街南去。

小六

「六啊，六……」

孩子頂著一塊大鍋蓋，蹣蹣跚跚大蜘蛛一樣從樓梯爬下來，孩子頭上的汗還不等揩抹，媽媽又喚喊了：「六啊……六啊……」

是小六家搬家的日子。八月天，風靜睡著，樹梢不動，藍天好像碧藍的湖水，一條雲彩也未掛到湖上。樓頂閒蕩無慮地在晒太陽。樓梯被石牆的陰影遮斷了一半，和往日一樣，該是預備午飯的時候。

「六啊……六……小六……」

一切都和昨日一樣，一切沒有變動，太陽、天空、牆外的樹，樹下的兩隻紅毛雞仍在啄食。小六家房蓋穿著洞了，有泥塊打進水桶，陽光從窗子、門，從打開的房蓋一起走進來，陽光逼走了小六家一切盆子、桶子和人。

不到一個月，那家的樓房完全長起，紅色瓦片蓋住樓頂，有木匠在那裡正裝窗框。吃過午飯，泥水匠躺在長板條上睡覺，木匠也和大魚似的找個蔭涼的地方睡。那一些拖長的腿，泥汙的手腳，在長板條上可怕的，偶然伸動兩下。全個後院，全個午間，讓他們的鼾聲結著群。

雖然樓頂已蓋好瓦片，但在小六娘覺得只要那些人醒來，樓好像又高一點，好像天空又短了一塊。那家的樓房玻璃快到窗框上去閃光，煙囪快要冒起煙來了。

同時小六家呢？爹爹提著床板一條一條去賣。並且蟋蟀吟鳴得厲害，牆根草每棵藏著蟋蟀似的。爹爹回來，他的單衫不像夏夜那樣染著汗。娘在有月的夜裡，和曠野上老樹一般，一張葉子也沒有，娘的靈魂裡一顆眼淚也沒有，娘沒有靈魂！

「自來火給我！小六他娘，小六他娘。」

「俺娘哪來的自來火，昨晚不是借的自來火點燈嗎？」爹爹罵起來：「懶老婆，要你也過日子，不要你也過日子。」

爹爹沒有再罵，假如再罵小六就一定哭起來，她想爹爹又要打娘。

爹爹去賣西瓜，小六也跟著去。後海沿那一些鬧嚷嚷的人，推車的、搖船的、肩布袋的、拉車的。爹爹切西瓜，小六拾著從他們嘴上流下來的瓜子。後來爹爹又提著籃子賣油條、包子。娘在牆根砍著樹枝。小六到後山去拾落葉。

孩子夜間說的睡話多起來，爹和娘也嚷著：「別擠我呀！往那面一點，我腿疼。」

「六啊！六啊，你爹死到哪個地方去啦？」

女人和患病的豬一般在露天的房子裡哼哽地說話。

「快搬，快搬……告訴早搬，你不早搬，你不早搬，打碎你的盆！瞞——誰？」

大塊的士敏土翻滾著沉落。那個人嚷一些什麼，女人聽不清了！女人坐在灰塵中，好像讓她坐在著火的煙中，兩眼快要流淚，喉頭麻辣辣，好像她幼年時候夜裡的惡夢，好像她幼年時候爬山滾落了。

「六啊！六啊！」

孩子在她身邊站著：「娘，俺在這。」

「六啊！六啊！」

「娘，俺在這。俺不是在這嗎？」

那女人，孩子拉到她的手她才看見。若不觸到她，她什麼也看不到了。

那一些盆子、桶子，羅列在門前。她家像是著了火；或是無緣的，想也想不到的闖進一些鬼魔去。

「把六擠掉地下去了。一條被你自己蓋著。」

一家三人腰疼腿疼，然而不能吃飽穿暖。

媽媽出去做女僕，小六也去，她是媽媽的小僕人，媽為人家燒飯，小六提著壺去打水。柏油路上飛著雨絲，那是秋雨了。小六戴著爹爹的大氈帽，提著壺在雨中穿過橫道。

那夜小六和娘一起哭著回來。爹說：「哭死……死就痛快地死。」

房東又來趕他們搬家。說這間廚房已經租出去了。後院亭子間蓋起樓房來了！前院廚房又租出去。蟋蟀夜夜吟鳴，小六全家在蟋蟀吟鳴裡向著天外的白月坐著。尤其是娘，她呆人一樣，朽木一樣。她說：「往哪裡搬？我本來打算一個月三元錢能租個板房！你看……那家辭掉我……」

夜夜那女人不睡覺。肩上披著一張單布坐著。搬到什麼地方去！搬到海裡去？搬家把女人逼得瘋子似的，眼睛每天紅著。她家吵架，全院人都去看熱鬧。

「我不活……啦……你打死我……打死我……」

小六惶惑著，比媽媽的哭聲更大，那孩子跑到同院人家去喚喊：「打俺娘……爹打俺娘……」有時候她竟向大街去喊。同院人來了！但是無法分開，他們像兩條狗打仗似的。小六用拳頭在爹的背脊上揮兩下，但是又停下來哭，那孩子好像有火燒著她一般，暴跳起來。打仗停下了時候，那也正同狗一樣，爹爹在牆根這面呼喘，媽媽在牆根那面呼喘。

「你打俺娘，你……你要打死她。俺娘……俺娘……」爹和娘靜下來，小六還沒有靜下來，那孩子仍哭。

有時夜裡打起來，床板翻倒，同院別人家的孩子漸漸害怕起來，說小六她娘瘋了，有的說她著了妖魔。因為每次打仗都是哭得昏過去停止。

「小六跳海了……小六跳海了……」

院中人都出來看小六。那女人抱著孩子去跳灣（灣即路旁之臭泥沼），而不是去跳海。她向石牆瘋狂地跌撞，溼得全身打顫的小六又是哭，女人號啕到半夜。同院人家的孩子更害怕起來，說是小六也瘋了。娘停止號啕時，才聽到蟋蟀在牆根鳴。娘就穿著溼褲子睡。

白月夜夜照在人間，安息了！人人都安息了！可是太陽一出來時，小六家又得搬家。搬向哪裡去呢？說不定娘要跳海，又要把小六先推下海去。

煩擾的一日

他在祈禱，他好像是向天祈禱。

正是跪在欄杆那兒，冰冷的，石塊砌成的人行道。然而他沒有鞋子，並且他用裸露的膝頭去接觸一些個冬天的石塊。我還沒有走近他，我的心已經為憤恨而燒紅，而快要脹裂了！

我咬我的嘴唇，畢竟我是沒有押起眼睛來走過他。

他是那樣年老而昏聾，眼睛像是已腐爛過。街風是銳利的，他的手已經被吹得和一個死物樣。可是風，仍然是銳利的。我走近他，但不能聽清他祈禱的文句，只是喃喃著。

一個俄國老婦，她說的不是俄語，大概是猶太人，把一張發票子放到老人的手裡，同時他仍然喃喃著，好像是向天祈禱。

我帶著我重得和石頭似的心走回屋中，把積下的舊報紙取出來，放到老人的面前，為的是他可以賣幾個錢，但是當我已經把報紙放好的時候，我心起了一個劇變，我認為我是最庸俗沒有的人了！彷彿我是做了一件蠢事般的。於是我摸衣袋，我思考家中存錢的盒子，可是連半角錢的票子都不能夠尋思得到。老人是過於笨拙了！怕是他不曉得怎樣去賣舊報紙。

我走向鄰居家去，她的小孩子在床上玩著，她常常是沒有心思向我講一些話。我坐下來，把我帶去的包袱打開，預備裁一件衣服。可是今天雪琦說話了：「于媽還不來，那麼，我的孩子會使我沒有希望。你看我是什麼事也沒有作，外國語不能讀，而且我連讀報的趣味都沒有呀！」

「我想你還是另尋一個老媽子好啦！」

「我也這樣想，不過實際是困難的。」

她從生了孩子以來，那是五個月，她沉下苦惱的陷阱去，脣部不似以前有顏色，臉兒皺皺。為著我到她家去替她看小孩，她走了，和貓一樣躡手躡腳地下樓去了。

小孩子自己在床上玩得厭了，幾次想要哭鬧，我忙著裁旗袍，只是用聲音招呼他。看一下時鐘，知道她去了還不到一點鐘，可是看小孩子要多麼耐性呀！我煩亂著，這僅是一點鐘。

媽媽回來了，帶進來衣服的冷氣，後面跟進來一個瓷人樣的，纏著兩隻小腳，穿著毛邊鞋子，她坐在床沿，並且在她進房的時候，她還向我行了一個深深的鞠躬禮，我又看見她戴的是毛邊帽子，她坐在床沿。

過了一會，她是欣喜的，有點不像瓷人：「我是沒有作過老媽子的，我的男人在十八道街開柳條包鋪，帶開藥鋪……我實在不能再和他生氣，誰都是願意支使人，還有人願意給人家支使嗎？咱們命不好，那就講不了！」

像猜謎似的，使人想不出她是什麼命運。雪琦她歡喜，她想幸福是近著她了，她在感謝我：「玉瑩，你看，今天你若不來，我怎能去找這個老媽子來呀！」

那個半老的婆娘仍然講著：「我的男人他打我罵我，以先對我很好，因為他開柳條包鋪，要招股東。就是那個入二十元錢頂大的股東，他替我造謠，說我娘家有錢，為什麼不幫助開柳條鋪呢？在這一年中，就連一頓舒服飯也沒吃過，我能不傷心嗎！我十七歲過門，今年我是二十四歲。他從不和我吵鬧過。」

她不是個半老的婆娘，她才二十四歲。說到這樣傷心的地方，她沒有哭，她曉得做老媽子的身分。可是又想說下去，雪琦眉毛打鎖，把小孩子給她：「你抱他試試。」

小孩子，不知為什麼，但是他哭，也許他不願看那種可憐的臉相？

雪琦有些不快樂了，只是一刻的工夫，她覺得幸福是遠著她了！

過了一會，她又像個瓷人，最像瓷人的部分，就是她的眼睛，眼珠定住。我們一向她看去，她忙著把眼珠活動一下，然而很慢，並且一會又要定住。

「你不要想，將來你會有好的一日……」

「我是同他打架生氣的，一生氣就和個呆人樣，什麼也不能做。」那瓷人又忙著補充一句：「若不生氣，什麼病也沒有呀！好人一樣，好人一樣。」

後來她看我縫衣裳，她來幫助我，我不願她來幫助，但是她要來幫助。

小孩子吃著奶，在媽媽的懷中睡了。孩子怕一切音響，我們的呼吸，為著孩子的睡覺都能聽得清。

雪琦更不歡喜了。大概她在害怕著，她在計量著，計量她的計畫怎樣失敗。我窺視出來這個瓷器的老媽，怕一會就要被辭退。

然而她是有希望的，滿有希望，她殷勤地在盆中給小孩在洗尿布。

「我是不知當老媽子的規矩的，太太要指教我。」她說完坐在木凳上，又開始變成不動的瓷人。

我煩擾著，街頭的老人又回到我的心中：雪琦鉛板樣的心沉沉地掛在臉上。

「你把髒水倒進水池子去。」她向擺在木凳間的那瓷人說。捧著水盆子，那個婦人紫色毛邊鞋子還沒有響出門去，雪琦的眼睛和偷人樣轉過來了：「她是不是不行？那麼快讓她走吧！」

孩子被丟在床上，他哭叫，她到隔壁借三角錢給老媽子的工錢。

那紫色的毛邊鞋慢慢移著，她打了盆淨水放在盆架間，過來招呼孩子。孩子懼怕這瓷人，他更哭。我縫著衣服，不知怎麼一種不安傳染了我的心。

忽然老媽子停下來，那是雪琦把三角錢的票子示到面前的時候，她拿到三角錢走了。

她回到婦女們最傷心的家庭去，仍去尋她惡毒的生活。

毛邊帽子，毛邊鞋子，來了又走了。

雪琦仍然自己抱著孩子。

「你若不來，我怎能去找她來呢！」她埋怨我。

我們深深呼吸了一下，好像剛從暗室走出。屋子漸漸沒有陽光了，我回家了，帶著我的包袱，包袱中好像裹著一群麻煩的想頭——婦女們有可厭的丈夫、可厭的孩子。冬天追趕著叫化子使他絕望。

在家門口，仍是那條欄杆，但是那塊石道，老人向天跪著，黃昏了，給他的絕望甚於死。

我經過他，我總不能聽清他祈禱的文句，但我知道他祈禱的，不是我給他的那些報紙，也不是半角錢的票子，是要從死的邊沿上把他拔回來。

然而讓我怎樣做呢？他向天跪著，他向天祈禱……

過夜

也許是快近天明了吧！我第一次醒來。街車稀疏地從遠處響起，一直到那聲音雷鳴一般地震撼著這房子，直到那聲音又遠得消滅下去，我都聽到的。但感到生疏和廣大，我就像睡在馬路上一樣，孤獨並且無所憑據。

睡在我旁邊的是我所不認識的人，那鼾聲對於我簡直是厭惡和隔膜。對她並不存著一點感激，也像憎惡我所憎惡的人一樣憎惡她。雖然在深夜裡她給我一個住處，雖然從馬路上把我招引到她的家裡。

那夜寒風逼著我非常嚴厲，眼淚差不多和哭著一般流下，用手套抹著、揩著，在我敲打姨母家的門的時候，手套幾乎是結了冰，在門扇上起著小小的黏結。我一面敲打一面叫著：「姨母！姨母……」她家的人完全睡下了，狗在院子裡面叫了幾聲。我只好背轉來走去。腳下面感到有針在刺著似的痛楚。我是怎樣的去羨慕那些臨街的我所經過的樓房，對著每個窗子我起著憤恨。那裡面一定是溫暖和快樂，並且那裡面一定設置著很好的眠床。一想到眠床，我就想到了我家鄉那邊的馬房，掛在馬房裡面不也很安逸嗎！甚至於我想到了狗睡覺的地方，那一定有茅草。坐在茅草上面可以使我的腳溫暖。

積雪在腳下面呼叫：「吱……吱……吱……」我的眼毛感到了糾絞，積雪隨著風在我的腿部掃打。當我經過那些平日認為可憐的下等妓館的門前時，我覺得她們也比我幸福。

我快走，慌張地走，我忘記了我背脊怎樣地弓起，肩頭怎樣地聳高。

「小姐！坐車吧！」經過繁華一點的街道，洋車夫們向我說著。

都記不得了，那等在路旁的馬車的車夫們也許和我開著玩笑。

「喂……喂……凍得活像個他媽的……小雞樣……」

但我只看見馬的蹄子在石路上面踩打。

我走上了我熟人的扶梯，我摸索，我尋找電燈，往往一件事情越接近著終點越容易著急和不能忍耐。升到最高級了，幾乎從頂上滑了下來。

感到自己的力量完全用盡了！再多走半里路也好像是不可能，並且這種寒冷我再不能忍耐，並且腳凍得麻木了，需要休息下來，無論如何它需要一點暖氣，無論如何不應該再讓它去接觸著霜雪。

去按電鈴，電鈴不響了，但是門扇欠了一個縫，用手一觸時，它自己開了。一點聲音也沒有，大概人們都睡了。我停在內間的玻璃門外，我招呼那熟人的名字，終沒有回答！我還看到牆上那張沒有框子的畫片。分明房裡在開著電燈。再招呼了幾聲，但是什麼也沒有……

「喔……」門扇用鐵絲絞了起來，街燈就閃耀在窗子的外面。我踏著過道裡搬了家餘留下來的碎紙的聲音，同時在空屋裡我聽到了自己蒼白的嘆息。

「漿汁還熱嗎？」在一排長街轉角的地方，那裡還張著賣漿汁的白色的布棚。我坐在小凳上，在集合著銅板……

等我第一次醒來時，只感到我的呼吸裡面充滿著魚的氣味。

「街上吃東西，那是不行的。您吃吃這魚看吧，這是黃花魚，用油炸的……」她的顏面和乾了的海藻一樣打著波皺。

「小金鈴子，你個小死鬼，你給我滾出來……快……」我跟著她的聲音才發現牆角蹲著個孩子。

「喝漿汁，要喝熱的，我也是愛喝漿汁……哼！不然，你就遇不到我了，那是老主顧，我差不多每夜要喝——偏偏金鈴子昨晚上不在家，不然的話，每晚都是金鈴子去買漿汁。」

「小死金鈴子，你失了魂啦！還等我孝敬你嗎？還不自己來裝飯！」

那孩子好像貓一樣來到桌子旁邊。

「還見過嗎？這丫頭十三歲啦，你看這頭髮吧！活像個多毛獸！」她在那孩子的頭上用筷子打了一下，於是又舉起她的酒杯來。她的兩隻袖口都一起往外脫著棉花。

晚飯她也是喝酒，一直喝到坐著就要睡去了的樣子。

我整天沒有吃東西，昏沉沉和軟弱，我的知覺似乎一半存在著，一半失掉了。在夜裡，我聽到了女孩的尖叫。

「怎麼，你叫什麼？」我問。

「不，媽呀！」她惶惑地哭著。

從打開著的房門，老婦人捧著雪球回來了。

「不，媽呀！」她赤著身子站到角落裡去。

她把雪塊完全打在孩子的身上。

「睡吧！我讓你知道我的厲害！」她一面說著，孩子的腿部就流著水的條紋。

我究竟不知道這是為了什麼。

第二天，我要走的時候，她向我說：「你有衣裳嗎？留給我一件……」

「你說的是什麼衣裳？」

「我要去進當鋪，我實在沒有好當的了！」於是她翻著炕上的舊毯片和流著棉花的被子：

「金鈴子這丫頭還不中用……也無怪她，年紀還不到哩！五毛錢誰肯要她呢？要長樣沒有長樣，要人才沒有人才！花錢看樣子嗎？前些個年頭可行，比方我年輕的時候，我常跟著我的姨姐到團隊裡去逛逛，一逛就能落幾個……多多少少總能落幾個……現在不行了！正經的團隊不許你進，土窯子是什麼油水也沒有，老莊那懂得看樣了，花錢讓他看樣子，他就幹了嗎？就是鳳凰也不行啊！落毛雞就是不花錢誰又想看呢？」她突然用手指在那孩子的頭上點了一下。「擺設，總得像個擺設的樣子，看這穿戴……呸呸！」她的嘴和眼睛一致地歪動了一下。「再過兩年我就好了。管她長得貓樣狗樣，可是她倒底是中用了！」

她的顏面和一片乾了的海蜇一樣。我明白一點她所說的「中用」或「不中用」。

「套鞋可以吧？」我打量了我全身的衣裳，一件棉外衣、一件夾袍、一件單衫、一件短絨衣和絨褲、一雙皮鞋、一雙單襪。

「不用進當鋪，把它賣掉，三塊錢買的，五角錢總可以賣出。」

我彎下腰在地上尋找套鞋。

「哪裡去了呢？」我開始劃著一根火柴，屋子裡黑暗下來，好像「夜」又要來臨了。

「老鼠會把它拖走的嗎？不會的吧？」我好像在反覆著我的聲音，可是她，一點也不來幫助我，無所感覺的一樣。

我去扒著土炕，扒著碎氈片、碎棉花。但套鞋是不見了。

女孩坐在角落裡面咳嗽著，那老婦人簡直是瘖啞了。

「我拿了你的鞋！你以為？那是金鈴子幹的事……」藉著她抽菸時劃著火柴的光亮，我看到她打著皺紋的鼻子的兩旁掛下兩條發亮的東西。

「昨天她把那套鞋就偷著賣了！她交給我錢的時候我才知道。半夜裡我為什麼打她？就是為著這樁事。我告訴她偷，是到外面去偷。看見過嗎？回家來偷。我說我要用雪把她活埋……不中用的，男人不能看上她的，看那小毛辮子！活像個豬尾巴！」

她回轉身去扯著孩子的頭髮，好像在扯著什麼沒有知覺的東西似的。

「老的老，小的小……你看我這年紀，不用說是不中用的啦！」

兩天沒有見到太陽，在這屋裡，我覺得狹窄和陰暗，好像和老鼠住在一起了。假如走出去，外面又是「夜」。但一點也不怕懼，走出去了！

我把單衫從身上褪了下來。我說：「去當，去賣，都是不值錢的。」

這次我是用夏季裡穿的通孔的鞋子去接觸著雪地。

破落之街

天明了，白白的陽光空空地染了全室。

我們快穿衣服，折好被子，平結他自己的鞋帶，我結我的鞋帶。他到外面去打臉水，等他回來的時候，我氣憤地坐在床沿。他手中的水盆被他忘記了，有水潑到地板。他問我，我氣憤著不語，把鞋子給他看。

鞋帶是斷成三段了，現在又斷了一段。他重新解開他的鞋子，我不知他在做什麼，我看他向床間尋了尋，他是找剪刀，可是沒買剪刀，他失望地用手把鞋帶變成兩段。

一條鞋帶也要分成兩段，兩個人束著一條鞋帶。

他拾起桌上的銅板說：「就是這些嗎？」

「不，我的衣袋還有哩！」

那僅是半角錢，他皺眉，他不願意拿這票子。終於下樓了，他說：「我們吃什麼呢？」

用我的耳朵聽他的話，用我的眼睛看我的鞋，一隻是白鞋帶，另一隻是黃鞋帶。

秋風是緊了，秋風的淒涼特別在破落之街道上。

蒼蠅滿集在飯館的牆壁，一切人忙著吃喝，不聞蒼蠅。

「夥計，我來一分錢的辣椒白菜。」

「我來二分錢的豆芽菜。」

別人又喊了，夥計滿頭是汗。

「我再來一斤餅。」

蒼蠅在那裡好像是啞靜了，我們同別的一些人一樣，不講衛生體面，我覺得女人必須不應該和一些下流人同桌吃飯，然而我是吃了。

走出飯館門時，我很痛苦，好像快要哭出來，可是我什麼人都不能抱怨。平他每次吃完飯都要問我：「吃飽沒有？」

我說：「飽了！」其實仍有些不飽。

今天他讓我自己上樓：「你進屋去吧！我到外面有點事情。」

好像他不是我的愛人似的，轉身下樓離我而去了。

在房間裡，陽光不落在牆壁上，那是灰色的四面牆，好像匣子，好像籠子，牆壁在逼著我，使我的思想沒有用，使我的力量不能與人接觸，不能用於世。

我不願意我的腦漿翻攪，又睡下，拉我的被子，在床上輾轉，彷彿是個病人一樣，我的肚子叫響，太陽西沉下去，平沒有回來。我只吃過一碗玉米粥，那還是清早。

他回來，只是自己回來，不帶饅頭或別的充飢的東西回來。

肚子越響了，怕給他聽著這肚子的呼喚，我把肚子翻向床，壓住這呼喚。

「你肚疼嗎？」我說不是，他又問我：「你有病嗎？」

我仍說不是。

「天快黑了，那麼我們去吃飯吧！」

他是借到錢了嗎？

「五角錢哩！」

泥濘的街道，沿路的屋頂和蜂巢樣密擠著，平房屋頂，又生出一層平屋來。那是用板釘成的，看起像是樓房，也閉著窗子，歇著門。可是生在樓房裡的不像人，是些豬玀，是汙濁的群。我們往來都看見這樣的景緻。現在街道是泥濘了，肚子是叫喚了！一心要奔到蒼蠅堆裡，要吃饅頭。桌子的對邊那個老頭，他嘮叨起來了，大概他是個油匠，鬍子染著白色，不管衣襟或袖口，都有斑點花色的顏料，他用有顏料的手吃東西。並沒能發現他是不講衛生，因為我們是一道生活。

他嚷了起來，他看一看沒有人理他，他升上木凳好像老旗杆樣，人們舉目看他。終歸他不是造反的領袖，那是私事，他的粥碗裡面睡著個蒼蠅。

大家都笑了，笑他一定在發神經病。

「我是老頭子了，你們拿蒼蠅餵我！」他一面說，有點傷心。

一直到掌櫃的呼喚夥計再給他換一碗粥來，他才從木凳降落下來。但他寂寞著，他的頭搖曳著。

這破落之街我們一年沒有到過了，我們的生活技術比他們高，和他們不同，我們是從水泥中向外爬。可是他們永遠留在那裡，那裡淹沒著他們的一生，也淹沒著他們的子子孫孫，但是這要淹沒到什麼時代呢？

我們也是一條狗，和別的狗一樣沒有心肝。我們從水泥中自己向外爬，忘記別人，忘記別人。

三個無聊人

一個大胖胖，戴著圓眼鏡。另一個很高，肩頭很狹。第三個彈著小四弦琴，同時讀著李後主的詞：「四十年來家國，三千里地山河……」讀到一句的末尾，琴弦沒有節調的，重複地響了一下，這樣就算他把詞句配上了音樂。

「噓！」胖子把被角撳了一下，接著唱道：「楊延輝，坐宮院……」他的嗓子像破了似的。

第三個也在作聲：「小品文和漫畫哪裡去了？」總是這人比其他兩個好，他願意讀雜誌和其他刊物。

「唉！無聊！」每次當他讀完一本的時候，他就用力向桌面摔去。

晚間，狹肩頭的人去讀「世界語」了。臨出門時，他的眼光很足，向著他的兩個同伴說：「你們這是幹什麼！沒有紀律，一天哭哭叫叫的。」

「唉！無聊！」當他回來的時候，眼睛也無光了。

照例是這樣，臨出門時是興奮的，回來時他就無聊了，和他的兩個同伴同樣沒有紀律。從學「世界語」起，這狹肩頭的差不多每天念起「愛絲迫亂多」，後來他漸漸罵起「愛絲迫亂多」來，這可不知因為什麼？

他們住得很好，鐵絲顫條床，淡藍色的牆壁塗著金花，兩只四十燭光燈泡，窗外有法國梧桐，樓下是外國菜館，並且鐵盒子裡不斷地放著餅乾，還有罐頭魚。

「唉！真無聊！」高個狹肩頭的說。

於是胖同伴提議去到法國公園，園中有流汗的園丁；園門口有流汗的洋車夫；巧得很，一個沒有手腳的乞丐，滾叫在公園的道旁被他們遇見。

「老黑，你還沒有起來嗎？真夠享福了。」狹著肩頭的人從公園回來，要把他的第三個同伴拖下來：「真夠受的，你還在夢中……」

「不要鬧，不要鬧，我還睏呢！」

「起來吧！去看看那滾號在公園門前的人，你就不睏啦！」

那睡在床上的，沒有相信他的話，並沒起來。

狹肩頭的，憤憤澸澸地，整整一個早晨，他沒說無聊，這是他看了一個無手無足的乞丐的結果。也許他看到這無手無足的東西就有聊了！

十二點鐘要去午餐，這憤憤的人沒有去。

「太浪費了，吃些麵包不能過嗎？」他又出去買沙丁魚。

等晚上有朋友來，他就告訴他無錢的朋友：「你們真是不會儉省，買麵包吃多麼好！」他的朋友吃了兩天麵包，把胃口吃得很酸。

狹肩頭人又無聊了，因為他好幾天沒有看到無手無足的人，或是什麼特別慘狀的人。他常常街上去走，只要看到賣桃的小孩在街上被巡捕打翻了筐子，他也夠有聊幾個鐘頭。慢慢他這個無聊的病非到街頭去治不可，後來這賣桃的小孩一類一事竟治不了他。那麼就必須看報了，報紙上說：煙臺煤礦又燒死多少，或是壓死多少人。

「啊呀！真不得了，這真是慘目。」這樣大事能他三兩天反覆著說，他的無聊，像一種病症似的，又被這大事治住個三兩天。他不無聊很有聊的樣子讀小說，讀雜誌。

「四十年來家國，三千里地山河……」老黑無聊的時候就唱這調子，他不願意看什麼慘事，他也不願意聽什麼偉大的話，他每天不用理智，就用感情來生活著，好像個真詩人似的。四弦琴在他的手下，不成調地嗒啦啦嗒啦啦……「嗒啦，嗒啦，啦嗒嗒……」胖同伴的木鞋在地板上打拍，手臂在飛著……

「你們這是幹什麼？」讀雜誌的人說。

「我們這是在無聊！」三個無聊人聽到這話都笑了。

胖同伴，有書也讀書，有理論也讀理論，有琴也彈琴，有人彈琴他就唱。但這在他都是無聊的事情，對於他實實在在有趣的，是「先施公司」：「那些女人真可憐，有的連血色都沒有了，可是還站在那裡拉客……」他常常帶著錢去可憐那些女人。

「最非人生活的就是這些女人，可是沒有人知道更詳細些。」他這態度是個學者的態度。說著他就搭電車，帶著錢，熱誠地去到那些女人身上去研究「社會科學」去了。

剩下兩個無聊，一個在看報，一個去到公園，拿著琴。去到公園的不知怎樣，最大限度也不過「四十年來家國，三千里地山河……」

但是在看報的卻發足火來，無論怎樣看，報上也不過載著煤礦啦，或者是什麼大河大川暴漲淹死多少人，電車軋死小孩，受經濟壓迫投黃浦自殺一類。

無聊！無聊！

人間慢慢治不了他這個病了。

可惜沒有比煤礦更慘的事。

家族以外的人

我蹲在樹上，漸漸有點害怕，太陽也落下去了；樹葉的聲響也唰唰地了；牆外街道上走著的行人也都和影子似的黑叢叢的；院裡房屋的門窗變成黑洞了，並且野貓在我旁邊的牆頭上跑著叫著。

我從樹上溜下來，雖然後門是開著的，但我不敢進去，我要看看母親睡了還是沒有睡？還沒經過她的窗口，我就聽到了蓆子的聲音：「小死鬼……你還敢回來！」

我折回去，就順著廂房的牆根又溜走了。

在院心空場上的草叢裡邊站了一些時候，連自己也沒有注意到我是折碎了一些草葉咬在嘴裡。白天那些所熟識的蟲子，也都停止了鳴叫，在夜裡叫的是另外一些蟲子，牠們的聲音沉靜，清脆而悠長。那埋著我的高草，和我的頭頂一平，它們平滑，它們在我的耳邊唱著那麼微細的小歌，使我不能相信倒是聽到還是沒有聽到。

「去吧……去……跳跳攢攢的……誰喜歡你……」

有二伯回來了，那喊狗的聲音一直繼續到廂房的那面。

我聽到有二伯那拍響著的失掉了後跟的鞋子的聲音，又聽到廂房門扇的響聲。

「媽睡了沒睡呢？」我推著草葉，走出了草叢。

有二伯住著的廂房，紙窗好像閃著火光似的明亮。我推開門，就站在門口。

「還沒睡？」

我說：「沒睡。」

他在灶口燒著火，火叉的尖端插著玉米。

「你還沒有吃飯？」我問他。

「吃什……麼……飯？誰給留飯！」

我說：「我也沒吃呢！」

「不吃，怎麼不吃？你是家裡人哪……」他的脖子比平日喝過酒之後更紅，並且那脈管和那正在燒著的小樹枝差不多。

「去吧……睡睡……覺去吧！」好像不是對我說似的。

「我也沒吃飯呢！」我看著已經開始發黃的玉米。

「不吃飯，幹什麼來的……」

「我媽打我……」

「打你！為什麼打你？」

孩子的心上所感到的溫暖是和大人不同的，我要哭了，我看著他嘴角上流下來的笑痕。只有他才是偏著我這方面的人，他比媽媽還好。立刻我後悔起來，我覺得我的手在他身旁抓起一些柴草來，抓得很緊，並且許多時候沒有把手鬆開，我的眼睛不敢再看到他的臉上去，只看到他腰帶的地方和那腳邊的火堆。我想說：「二伯……再下雨時我不說你『下雨冒泡，王八戴草帽』啦……」

「你媽打你……我看該打……」

「怎麼……」我說：「你看……她不讓我吃飯！」

「不讓你吃飯……你這孩子也太好去啦……」

「你看，我在樹上蹲著，她拿火叉子往下叉我……你看……把胳臂都給叉破皮啦……」我把手裡的柴草放下，一隻手捲著袖子給他看。

「叉破皮……為什麼叉的呢……還有個緣由沒有呢？」

「因為拿了饅頭。」

「還說呢……有出息！我沒見過七八歲的姑娘還偷東西……還從家裡偷東西往外邊送！」

他把玉米從叉子上拔下來了。

火堆仍沒有滅，他的鬍子在玉米上，我看得很清楚是掃來掃去的。

「就拿三個……沒多拿……」

「嗯！」把眼睛斜著看我一下，想要說什麼但又沒有說。只是鬍子在玉米上像小刷子似的來往著。

「我也沒吃飯呢！」我咬著指甲。

「不吃……你願意不吃……你是家裡人！」好像拋給狗吃的東西一樣，他把半段玉米打在我的腳上。

有一天，我看到母親的頭髮在枕頭上已經蓬亂起來，我知道她是睡熟了，我就從木格子下面提著雞蛋筐子跑了。

那些鄰居家的孩子就等在後院的空磨房裡邊。我順著牆根走了回來的時候，安全，毫沒有意外，我輕輕地招呼他們一聲，他們就從窗口把籃子提了進去，其中有一個比我們大一些的，叫他小哥哥的，他一看見雞蛋就抬一抬肩膀，伸一下舌頭。小啞巴姑娘，她還為了特殊的得意啊啊了兩聲。

「噯！小點聲……花姐她媽剝她的皮呀……」

把窗子關了，就在碾盤上開始燒起火來，樹枝和乾草的煙圍蒸騰了起來；老鼠在碾盤底下跑來跑去，風車站在牆角的地方，那大輪子上邊蓋著蛛網，羅櫃旁邊餘留下來的穀類的粉末，那上面掛著許多種類蟲子的皮殼。

「咱們來分分吧……一人幾個，自家燒自家的。」

火苗旺盛起來了，夥伴們的臉孔，完全照紅了。

「燒吧！放上去吧……一人三個……」

「可是多一個給誰呢？」

「給啞巴吧！」

她接過去，啊啊的。

「小點聲，別吵！別把到肚的東西吵靡啦。」

「多吃一個雞蛋……下回別用手指畫著罵人啦！啊！啞巴？」

蛋皮開始發黃的時候，我們為著這心上的滿足，幾乎要冒險叫喊了。

「唉呀！快要吃啦！」

「預備著吧，說熟就快的……」

「我的雞蛋比你們的全大……像個大鴨蛋……」

「別叫……別叫。花姐她媽這半天一定睡醒啦……」

窗外有哽哽的聲音，我們知道是大白狗在扒著牆皮的泥土。但同時似乎聽到了母親的聲音。

母親終於在叫我了！雞蛋開始爆裂的時候，母親的喊聲也在尖利地刺著紙窗了。

等她停止了喊聲，我才慢慢從窗子跳出去，我走得很慢，好像沒有睡醒的樣子，等我站到她面前的那一刻，無論如何再也壓制不住那種心跳。

「媽！叫我幹什麼？」我一定慘白了臉。

「等一會……」她轉身去找什麼東西的樣子。

我想她一定去拿什麼東西來打我，我想要逃，但我又強制著忍耐了一刻。

「去把這孩子也帶去玩……」把小妹妹放在我的懷中。

我幾乎要抱不動她了，我流了汗。

「去吧！還站在這幹什麼……」其實磨房的聲音，一點也傳不到母親這裡來，她到鏡子前面去梳她的頭髮。

我繞了一個圈子，在磨房的前面，那鎖著的門邊告訴了他們：「沒有事……不要緊……媽什麼也不知道。」

我離開那門前，走了幾步，就有一種異樣的香味撲了來，並且飄滿了院子。等我把小妹妹放在炕上，這種氣味就滿屋都是了。

「這是誰家炒雞蛋，炒得這樣香……」母親很高的鼻子在鏡子裡使我有點害怕。

「不是炒雞蛋……明明是燒的，哈！這蛋皮味，誰家……呆老婆燒雞蛋……五里香。」

「許是吳大嬸她們家？」我說這話的時候，隔著菜園子看到磨房的窗口冒著煙。

等我跑回了磨房，火完全滅了。我站在他們當中，他們幾乎是摸著我的頭髮。

「我媽說誰家燒雞蛋呢？誰家燒雞蛋呢？我就告訴她，許是吳大嬸她們家。哈！這是吳大嬸？這是一群小鬼……」

我們就開朗地笑著。站在碾盤上往下跳著，甚至於多事起來，他們就在磨房裡捉耗子。因為我告訴他們，我媽抱著小妹妹出去串門去了。

「什麼人啊！」我們知道是有二伯在敲著窗欞。

「要進來，你就爬上來！還招呼什麼？」我們之中有人回答他。

起初，他什麼也沒有看到，他站在窗口，擺著手。後來他說：「看吧！」他把鼻子用力抽了兩下：「一定有點故事……哪來的這種氣味？」

他開始爬到窗臺上面來，他那短小健康的身子從窗臺跳進來時，好像一張磨盤滾了下來似的，土地發著響。他圍著磨盤走了兩圈。他上唇的紅色的小鬍為著鼻子時時抽動的緣故，像是一條秋天裡的毛蟲在他的脣上不住地滾動。

「你們燒火嗎？看這碾盤上的灰……花子……這又是你領頭！我要不告訴你媽的……整天家領一群野孩子來作禍……」他要爬上窗口去了，可是他看到了那只筐子：「這是什麼人提出來的呢？這不是咱家裝雞蛋的嗎？花子……你不定又偷了什麼東西……你媽沒看見！」

他提著筐子走的時候，我們還嘲笑著他的草帽。「像個小瓦盆……像個小水桶……」

但夜裡，我是挨打了。我伏在窗臺上用舌尖舐著自己的眼淚。

「有二伯……有老虎……什麼東西……壞老頭子……」我一邊哭著一邊咒詛著他。

但過不多久，我又把他忘記了，我和許多孩子們一道去抽開了他的腰帶，或是用桿子從後面掀掉了他的沒有邊沿的草帽。我們嘲笑他和嘲笑院心的大白狗一樣。

秋末，我們寂寞了一個長久的時間。

那些空房子裡充滿了冷風和黑暗；長在空場上的高草，乾敗了而倒了下來；房後菜園上的各種秧棵完全掛滿了白霜；老榆樹在牆根邊仍舊隨風搖擺它那還沒有落完的葉子；天空是發灰色的，雲彩也失去了形狀，有時帶來了雨點，有時又帶來了細雪。

我為著一種疲倦，也為著一點新的發現，我登著箱子和櫃子，爬上了裝舊東西的屋子的棚頂。

那上面，黑暗，有一種完全不可知的感覺，我摸到了一個小木箱，來捧著它，來到棚頂洞口的地方，藉著洞口的光亮，看到木箱是鎖著一個發光的小鐵鎖，我把它在耳邊搖了搖，又用手掌拍一拍……那裡面冬郎冬郎地響著。

我很失望，因為我打不開這箱子，我又把它送了回去。於是我又往更深和更黑的角落處去探爬。因為我不能站起來走，這黑洞洞的地方一點也不規則，走在上面時時有跌倒的可能。所以在爬著的當兒，手指所觸到的東西，可以隨時把它們摸一摸。當我摸到了一個小琉璃罐，我又回到了亮光的地方……我該多麼高興，那裡面完全是黑棗，我一點也沒有再遲疑，就抱著這寶物下來了，腳尖剛接觸到那箱子的蓋頂，我又和小蛇一樣把自己落下去的身子縮了回來，我又在棚頂蹲了好些時候。

我看著有二伯打開了就是我上來的時候登著的那個箱子。我看著他開了很多時候，他用牙齒咬著他手裡的那塊小東西……他歪著頭，咬得咯啦啦地發響，咬了之後又放在手裡扭著它，而後又把它觸到箱子上去試一試。最後一次那箱子上的銅鎖發著彈響的時候，我才知道他扭著的是一斷鐵絲。

他把帽子脫下來，把那塊盤捲的小東西就壓在帽頂裡面。

他把箱子翻了好幾次：紅色的椅墊子，藍色粗布的繡花圍裙……女人的繡花鞋子……還有一團滾亂的花色的線，在箱子底上還躺著一隻湛黃的銅酒壺。

後來他伸出那布滿了筋絡的兩臂，震撼著那箱子。

我想他可不是把這箱子搬開！搬開我可怎麼下去？

他抱起好幾次，又放下好幾次，我幾乎要招呼住他。

等一會，他從身上解下腰帶來了，他彎下腰去，把腰帶橫在地上，一張一張地把椅墊子堆起來，壓到腰帶上去，而後打著結，椅墊子被束起來了。他喘著呼喘，試著去提一提。

他怎麼還不快點出去呢？我想到了啞巴，也想到了別人，好像他們就在我的眼前吃著這東西似的使我得意。

「啊哈……這些……這些都是油烏烏的黑棗……」

我要向他們說的話都已想好了。

同時這些棗在我的眼睛裡閃光，並且很滑，又好像已經在我的喉嚨裡上下地跳著。

他並沒有把箱子搬開，他是開始鎖著它。他把銅酒壺立在箱子的蓋上，而後他出去了。

我把身子用力去拖長，使兩個腳掌完全牢牢實實地踏到了箱子，因為過於用力抱著那琉璃罐，胸脯感到了發疼。

有二伯又走來了，他先提起門旁的椅墊子，而後又來拿箱蓋上的銅酒壺，等他把銅酒壺壓在肚子上面，他才看到牆角站著的是我。

他立刻就笑了，我還從來沒有看到過他笑得這樣過分，把牙齒完全露在外面，嘴唇像是缺少了一個邊。

「你不說嗎？」他的頭頂站著無數很大的汗珠。

「說什麼……」

「不說，好孩子……」他拍著我的頭頂。

「那麼，你讓我把這個琉璃罐拿出去？」

「拿吧！」

他一點也沒有看到我，我另外又在門旁的筐子裡抓了五個饅頭跑，等母親說丟了東西的那天我也站到她的旁邊去。

我說：「那我也不知道。」

「這可怪啦……明明是鎖著……可哪兒來的鑰匙呢？」母親的尖尖的下顎是向著家裡的別的人說的。後來那歪脖的年輕的廚夫也說：「哼！這是誰呢？」

我又說：「那我也不知道。」

可是我腦子上走著的，是有二伯怎樣用腰帶捆了那些椅墊子，怎樣把銅酒壺壓在肚子上，並且那酒壺就貼著肉的。並且有二伯好像在我的身體裡邊咬著那鐵絲咖郎郎地響著似的。我的耳朵一陣陣地發燒，我把眼睛閉了一會。可是一睜開眼睛，我就向著那敞開的箱子又說：「那我也不知道。」

後來我竟說出了：「那我可沒看見。」

等母親找來一條鐵絲，試著怎樣可以做成鑰匙，她扭了一些時候，那鐵絲並沒有扭彎。「不對的……要用牙咬，就這樣……一咬……再一扭……再一咬……」很危險，舌頭若一滑轉的時候，就要說了出來。

我看見我的手已經在做著式子。

我開始把嘴唇咬得很緊，把手臂放在背後在看著他們。

「這可怪啦……這東西，又不是小東西……怎麼能從院子走得出？除非是晚上……可是晚上就是來賊也偷不出去的……」母親很尖的下顎使我害怕，她說的時候，用手推了推旁邊的那張窗子：「是啊！這東西是從前門走的，你們看……這窗子一下就沒有打開過……你們看……這還是去年秋天糊的窗縫子。」

「別絆腳！過去……」她用手推著我。

她又把這屋子的四邊都看了看。

「不信……這東西去路也沒有幾條……我也能摸到一點邊……不信……看著吧……這也不行啦。春天丟了一個銅火鍋……說是放忘了地方啦……說是慢慢找，又是……也許借出去啦！那有那麼一回事……早還了輸贏帳啦……當他家裡人看待……還說不拿他當家裡人看待，好哇……慢慢把房梁也拆走啦……」

「啊……啊！」那廚夫抓住了自己的圍裙，擦著嘴角。那歪了的脖子和一根蠟簽似的，好像就要折斷下來。

母親和別人完全走完了時，他還站在那個地方。

晚飯的桌上，廚夫向著有二伯：「都說你不吃羊肉，那麼羊腸你吃不吃呢？」

「羊腸也是不能吃。」他看著他自己的飯碗說。

「我說，有二爺，這炒辣椒裡邊，可就有一段羊腸，我可告訴你！」

「怎麼早不說，這……這……這……」他把筷子放下來，他運動著又要紅起來的脖頸，把頭掉轉過去，轉得很慢，看起來就和用手去轉動一隻瓦盆那樣遲滯。

「有二是個粗人，一輩子……什麼都吃……就……是……不吃……這……羊……身上……的……不戴……羊……皮帽……子……不穿……羊……皮……衣裳……」他一個字一個字平板地說下去：「下回……他說……楊安……你炒什麼……不管菜湯裡頭……若有那羊身上的呀……先告訴我一聲……有二不是那嘴饞的人！吃不吃不要緊……就是吃口鹹菜……我也不吃那……羊……身……上……的……」

「可是有二爺，我問你一件事……你喝酒用什麼酒壺喝呢？非用銅酒壺不可？」楊廚子的下巴舉得很高。

「什麼酒壺……還不一樣……」他又放下了筷子，把旁邊的錫酒壺格格地蹲了兩下：「這不是嗎？……錫酒壺……喝的是酒……酒好……就不在壺上……哼！也不……年輕的時候，就總愛……這個……錫酒壺……把它擦得閃光湛亮……」

「我說有二爺……銅酒壺好不好呢？」

「怎麼不好……一擦比什麼都亮堂……」

「對了，還是銅酒壺好喔……哈……哈哈……」廚子笑了起來。他笑得在給我裝飯的時候，幾乎是搶掉了我的飯碗。

母親把下唇拉長著，她的舌頭往外邊吹一點風，有幾顆飯粒落在我的手上。

「哼！楊安……你笑我……不吃……羊肉，那真是吃不得：比方，我三個月就……沒有了娘……羊奶把我長大的……若不是……還活了六十多歲……」

楊安拍著膝蓋：「你真算是個有良心的人，為人沒做過昧良心的事？是不是？我說，有二爺……」

「你們年輕人，不信這話……這都不好……人要知道自家的來路……不好反回頭去倒咬一口……人要知恩報恩……說書講古上都說……比方羊……就是我的娘……不是……不是……我可活六十多歲？」他挺直了背脊，把那盤羊腸炒辣椒甩筷子推開了一點。

吃完了飯，他退了出去，手裡拿著那沒有邊沿的草帽。沿著磚路，他走下去了，那泥汙的，好像兩塊朽木頭似的……他的腳後跟隨著那掛在腳尖上的鞋片在磚路上拖拖著，而那頭頂就完全像個小鍋似的冒著氣。

母親跟那廚夫在起著高笑。

「銅酒壺……啊哈……還有椅墊子呢……問問他……他知道不知道？」楊廚夫，他的脖子上的那塊疤痕，我看也大了一些。

我有點害怕母親，她的完全露著骨節的手指，把一條很肥的雞腿，送到嘴上去，撕著，並且還露著牙齒。

又是一回母親打我，我又跑到樹上去，因為樹枝完全沒有了葉子，母親向我飛來的小石子差不多每顆都像小鑽子似的刺痛著我的全身。

「你再往上爬……再往上爬……拿桿子把你絞下來。」

母親說著的時候，我覺得抱在胸前的那樹幹有些顫了，因為我已經爬到了頂梢，差不多就要爬到枝子上去了。

「你這小貼樹皮，你這小妖精……我可真就算治不了你……」她就在樹下徘徊著……許多工夫沒有向我打著石子。

許多天，我沒有上樹，這感覺很新奇，我向四面望著，覺得只有我才比一切高了一點，街道上走著的人、車、附近的房子，都在我的下面，就連後街上賣豆芽菜的那家的幌桿，我也和它一般高了。

「小死鬼……你滾下來不滾下來呀……」母親說著「小死鬼」的時候，就好像叫著我的名字那般平常。

「啊！怎樣的？」只要她沒有牢牢實實地抓到我，我總不十分怕她。

她一沒有留心，我就從樹幹跑到牆頭上去：「啊哈……看我站在什麼地方？」

「好孩子啊……要站到老爺廟的旗杆上去啦……」回答著我的，不是母親，是站在牆外的一個人。

「快下來……牆頭不都是踏堆了嗎？我去叫你媽來打你。」

是有二伯。

「我下不來啦，你看，這不是嗎？我媽在樹根下等著我……」

「等你幹什麼？」他從牆下的板門走了進來。

「等著打我！」

「為什麼打你？」

「尿了褲子。」

「還說呢……還有臉？七八歲的姑娘……尿褲子……滾下來！牆頭踏壞啦！」他好像一隻豬在叫喚著。

「把她抓下來……今天我讓她認識認識我！」

母親說著的時候，有二伯就開始捲著褲腳。

我想這是做什麼呢？

「好！小花子，你看著……這還無法無天啦呢……你可等著……」

等我看見他真的爬上了那最低級的樹叉，我開始要流出眼淚來，喉管感到特別發脹。

「我要……我要說……我要說……」

母親好像沒有聽懂我的話，可是有二伯沒有再進一步，他就蹲在那很粗的樹叉上：「下來……好孩子……不礙事的，你媽打不著你，快下來，明天吃完早飯二伯領你上公園……省得在家裡她們打你……」

他抱著我，從牆頭上把我抱到樹上，又從樹上把我抱下來。

我一邊抹著眼淚一邊聽著他說：「好孩子……明天咱們上公園。」

第二天早晨，我就等在大門洞裡邊，可是等到他走過我的時候，他也並不向我說一聲：「走吧！」我從身後趕了上去，我拉住他的腰帶：「你不說今天領我上公園嗎？」

「上什麼公園……去玩去吧！去吧……」只看著前面的道路，他並不看著我。昨天說的話好像不是他。

後來我就掛在他的腰帶上，他搖著身子，他好像擺著貼在他身上的蟲子似的擺脫著我。

「那我要說，我說銅酒壺……」

他向四邊看了看，好像是嘆著氣：「走吧？絆腳星……」

一路上他也不看我，不管我怎樣看中了那商店窗子裡擺著的小橡皮人，我也不能多看一會，因為一轉眼……他就走遠了。等走在公園門外的板橋上，我就跑在他的前面。

「到了！到了啊……」我張開了兩隻胳臂，幾乎自己要飛起來那麼輕快。

沒有葉子的樹，公園裡面的涼亭，都在我的前面招呼著我。一步進公園去，那跑馬戲的鑼鼓的聲音，就震著我的耳朵，幾乎把耳朵震聾了的樣子，我有點不辨方向了。我拉著有二伯煙荷包上的小圓葫蘆向前走。經過白色布棚的時候，我聽到裡面喊著：「怕不怕？」

「不怕。」

「敢不敢？」

「敢哪……」

不知道有二伯要走到什麼地方去？

棚棚戲，西洋景……耍猴的……耍熊瞎子的……唱木偶戲的。這一些我們都走過來了，再往那邊去，就什麼也看不見了。並且地上的落葉也厚了起來。樹葉子完全蓋著我們在走著的路徑。

「二伯！我們不看跑馬戲的？」

我把煙荷包上的小圓葫蘆放開，我和他距離開一點，我看著他的臉色：「那裡頭有老虎……老虎我看過。我還沒有看過大象。人家說這夥馬戲團隊是有三匹象：一匹大的，兩匹小的，大的……大的……人家說，那鼻子，就只一根鼻子比咱家燒火的叉子還長……」

他的臉色完全沒有變動。我從他的左邊跑到他的右邊。又從右邊跑到左邊：「是不是呢？有二伯，你說是不是……你也沒看見過？」

因為我是倒退著走，被一條露在地面上的樹根絆倒了。

「好好走！」他也並沒有拉我。

我自己起來了。

公園的末角上，有一座茶亭，我想他到這個地方來，他是渴了！但他沒有走進茶亭去，在茶亭後邊，有和房子差不多、是蓆子搭起來的小房。

他把我領進去了，那裡邊黑洞洞的，最裡邊站著一個人，比劃著，還打著什麼竹板。有二伯一進門，就靠邊坐在長板凳上，我就站在他的膝蓋前，我的腿站得麻木了的時候，我也不能懂得那人是在幹什麼？他還和姑娘似的帶著一條辮子，他把腿伸開了一隻，像打拳的樣子，又縮了回來，又把一隻手往外推著……就這樣走了一圈，接著又「叭」打了一下竹板。唱戲不像唱戲，耍猴不像耍猴，好像賣膏藥的，可是我也看不見有人買膏藥。

後來我就不向前邊看，而向四面看，一個小孩也沒有。前面的板凳一空下來，有二伯就帶著我升到前面去，我也坐下來，但我坐不住，我總想看那大象。

「二伯，咱們看大象去吧，不看這個。」

他說：「別鬧，別鬧，好好聽……」

「聽什麼，那是什麼？」

「他說的是關公斬蔡陽……」

「什麼關公哇？」

「關老爺，你沒去過關老爺廟嗎？」

我想起來了，關老爺廟裡，關老爺騎著紅色的馬。

「對吧！關老爺騎著紅色……」

「你聽著……」他把我的話截斷了。

我聽了一會還是不懂，於是我轉過身來，面向後坐著，還有一個瞎子，他的每一個眼球上蓋著一個白泡。還有一個一條腿的人，手裡還拿著木杖。坐在我旁邊的人，那人的手包了起來，用一條布帶掛到脖子上去。

等我聽到「叭叭叭」地響了一陣竹板之後，有二伯還流了幾顆眼淚。

我是一定要看大象的，回來的時候再經過白布棚我就站著不動了。

「要看，吃完晌飯再來看……」有二伯離開我慢慢地走著：「回去，回去吃完晌飯再來看。」

「不嗎！飯我不吃，我不餓，看了再回去。」我拉住他的煙荷包。

「人家不讓進，要買『票』的，你沒看見……那不是把門的人嗎？」

「那咱們不好也買『票！』」

「哪來的錢……買『票』兩個人要好幾十吊錢。」

「我看見啦，你有錢，剛才在那棚子裡你不是還給那個人錢來嗎？」我貼到他的身上去。

「那才給幾個銅錢！多啦沒有，你二伯多啦沒有。」

「我不信，我看有一大堆！」我蹺著腳尖！掀開了他的衣襟，把手探進他的衣兜裡去。

「是吧！多啦沒有吧！你二伯多啦沒有，沒有進財的道……也就是個月七成的看個小牌，贏兩吊……可是輸的時候也不少。哼哼。」他看著拿在我手裡的五六個銅元。

「信了吧！孩子，你二伯多啦沒有……不能有……」一邊走下了木橋，他一邊說著。

那馬戲團隊的喊聲還是那麼熱烈地在我們的背後反覆著。

有二伯在木橋下那圍著一群孩子，抽籤子的地方也替我拋上兩個銅元去。

我一伸手就在鐵絲上拉下一張紙條來，紙條在水碗裡面立刻變出一個通紅的「五」字。

「是個幾？」

「那不明明是個五嗎？」我用肘部擊撞著他。

「我哪認得呀！你二伯一個字也不識，一天書也沒念過。」

回來的路上，我就不斷地吃著這五個糖球。

第二次，我看到有二伯偷東西，好像是第二年的夏天，因為那馬蛇菜的花，開得過於鮮紅，院心空場上的蒿草，長得比我的年齡還快，它超過我了，那草場上的蜂子、蜻蜓，還更來了一些不知名的小蟲，也來了一些特殊的草種，它們還會開著花，淡紫色的，一串一串的，站在草場中，它們還特別的高，所以那花穗和小旗子一樣動盪在草場上。

吃完了午飯，我是什麼也不做，專等著小朋友們來，可是他們一個也不來。於是我就跑到糧食房子去，因為母親在清早端了一個方盤走進去過。我想那方盤中……哼……一定是有點什麼東西？

母親把方盤藏得很巧妙，也不把它放在米櫃上，也不放在糧食倉子上，她把它用繩子吊在房梁上了。我正在看著那奇怪的方盤的時候，我聽到板倉裡好像有耗子，也或者牆裡面有耗子……總之，我是聽到了一點響動……過了一會竟有了喘氣的聲音，我想不會是黃鼠狼子？我有點害怕，就故意用手拍著板倉，拍了兩下，聽聽就什麼也沒有了……可是很快又有什麼東西在喘氣……嗤嗤的……好像肺管裡面起著泡沫。

這次我有點暴躁：「去！什麼東西……」

有二伯的胸部和他紅色的脖子從板倉伸出來一段……當時，我疑心我也許是在看著木偶戲！但那頂窗透進來的太陽證明給我，被那金紅色液體的東西染著的，正是有二伯尖長的突出的鼻子……他的胸膛在白色的單衫下面不能夠再壓制得住，好像小波浪似的在雨點裡面任意地跳著。

他一點聲音也沒有做，只是站著，站著……他完全和一隻受驚的公羊那般愚傻！

我和小朋友們，捉著甲蟲，捕著蜻蜓，我們做這種事情，永不會厭倦。野草、野花、野的蟲子，它們完全經營在我們的手裡，從早晨到黃昏。

假若是個晴好的夜，我就單獨留在草叢裡邊，那裡有閃光的甲蟲，有蟲子低微的吟鳴，有高草搖著的夜影。

有時我竟壓倒了高草，躺在上面，我愛那天空，我愛那星子……聽人說過的海洋，我想也就和這天空差不多了。

晚飯的時候，我抱著一些裝滿了蟲子的盒子，從草叢回來，經過糧食房子的旁邊，使我驚奇的是有二伯還站在那裡，破了的窗洞口露著他發青的嘴角和灰白的眼圈。

「院子裡沒有人嗎？」好像是生病的人瘖啞的喉嚨。

「有！我媽在臺階上抽菸。」

「去吧！」

他完全沒有笑容，他蒼白，那頭髮好像牆頭上跑著的野貓的毛皮。

飯桌上，有二伯的位置，那木凳上蹲著一匹小花狗。牠戲耍著的時候，那捲尾巴和那銅鈴完全引人可愛。

母親投了一塊肉給牠。歪脖的廚子從湯鍋裡取出一塊很大的骨頭來……花狗跳到地上去，追了那骨頭發了狂，那銅鈴暴躁起來……

小妹妹笑得用筷子打著碗邊，廚夫拉起圍裙來擦著眼睛，母親卻把湯碗倒翻在桌子上了。

「快拿……快拿抹布來，快……流下來啦……」她用手按著嘴，可是總有些飯粒噴出來。

廚夫收拾桌子的時候，就點起煤油燈來，我面向著菜園坐在門檻上，從門道流出來的黃色的燈光當中，砌著我圓圓的頭部和肩膀，我時時舉動著手，揩著額頭的汗水，每揩了一下，那影子也學著我揩了一下。透過我單衫的晚風，像是青藍色的河水似的清涼……後街，糧米店的胡琴的聲音也響了起來，幽遠的回音，東邊也在叫著，西邊也在叫著……日裡黃色的花變成白色的了，紅色的花，變成黑色的了。

火一樣紅的馬蛇菜的花也變成黑色的了。同時，那盤結著牆根的野馬蛇菜的小花，就完全看不見了。

有二伯也許就踏著那些小花走去的，因為他太接近了牆根，我看著他……看著他……他走出了菜園的板門。

他一點也不知道，我從後面跟了上去。因為我覺得奇怪。

他偷這東西做什麼呢？也不好吃，也不好玩。

我追到了板門，他已經過了橋，奔向著東邊的高崗。高崗上的去路，寬宏而明亮。兩邊排著的門樓在月亮下面，我把它們當成廟堂一般想像。

有二伯的背上那圓圓的小袋子我還看得見的時候，遠處，在他的前方，就起著狗叫了。

第三次我看見他偷東西，也許是第四次……但這也就是最後的一次。

他掮了大澡盆從菜園的邊上橫穿了過去，一些龍頭花被他撞掉下來。這次好像他一點也不害怕，那白洋鐵的澡盆剛郎剛郎地埋沒著他的頭部在呻叫。

並且好像大塊的白銀似的，那閃光照耀得我很害怕，我靠到牆根上去，我幾乎是發呆地站著。

我想：母親抓到了他，是不是會打他呢？同時我又起了一種佩服他的心情：「我將來也敢和他這樣偷東西嗎？」

但我又想：我是不偷這東西的，偷這東西幹什麼呢？這樣大，放到哪裡母親也會捉到的。

但有二伯卻頂著它像是故事裡銀色的大蛇似的走去了。

以後，我就沒有看到他再偷過。但我又看到了別樣的事情，那更危險，而且只常常發生，比方我在高草中正捏住了蜻蜓的尾巴……鼓冬……板牆上有一塊大石頭似的東西抛了過來，蜻蜓無疑的是飛了。比方夜裡我就不敢再沿著那道板牆去捉蟋蟀，因為不知什麼時候有二伯會從牆頂落下來。

丟了澡盆之後，母親把三道門都下了鎖。

所以小朋友們之中，我的蟋蟀捉得最少。因此我就怨恨有二伯：「你總是跳牆，跳牆……人家蟋蟀都不能捉了！」

「不跳牆……說得好，有誰給開門呢？」他的脖子挺得很直。

「楊廚子開吧……」

「楊……廚子……哼……你們是家裡人……支使得動他……你二伯……」

「你不會喊！叫他……叫他聽不著，你就不會打門……」

我的兩隻手，向兩邊擺著。

「哼……打門……」他的眼睛用力往低處看去。

「打門再聽不著，你不會用腳踢……」

「踢……鎖上啦……踢它幹什麼！」

「那你就非跳牆不可，是不是？跳也不輕輕跳，跳得那樣嚇人？」

「怎麼輕輕的？」

「像我跳牆的時候，誰也聽不著，落下來的時候，是蹲著……兩隻膀子張開……」我平地就跳了一下給他看。

「小的時候是行啊……老了，不行啦！骨頭都硬啦！你二伯比你大六十歲，哪兒還比得了？」

他嘴角上流下來一點點的笑來。右手拿抓著煙荷包，左手摸著站在旁邊的大白狗的耳朵……狗的舌頭舐著他。

可是我總也不相信，怎麼骨頭還會硬與不硬？骨頭不就是骨頭嗎？豬骨頭我也咬不動，羊骨頭我也咬不動，怎麼我的骨頭就和有二伯的骨頭不一樣？

所以，以後我拾到了骨頭，就常常彼此把它們磕一磕。遇到同伴比我大幾歲的，或是小一歲的，我都要和他們試試，怎樣試呢？撞一撞拳頭的骨節，倒是軟多少硬多少？但總也覺不出來。若用力些就撞得很痛，第一次來撞的是啞巴——管事的女兒。起先她不肯，我就告訴她：「你比我小一歲，來試試，人小骨頭是軟的，看看你軟不軟？」

當時，她的骨節就紅了，我想：她的一定比我軟。可是，看看自己的也紅了。

有一次，有二伯從板牆上掉下來。他摔破了鼻子。

「哼！沒加小心……一隻腿下來……一隻腿掛在牆上……哼！鬧個大頭朝下……」

他好像在嘲笑著他自己，並不用衣襟或是什麼揩去那血，看起來，在流血的似乎不是他自己的鼻子，他挺著很直的背脊走向廂房去，血條一面走著一面更多地畫著他的前襟。已經染了血的手是垂著，而不去按住鼻子。

廚夫歪著脖子站在院心，他說：「有二爺，你這血真新鮮……我看你多摔兩個也不要緊……」

「哼，小夥子，誰也從年輕過過！就不用挖苦……慢慢就有啦……」他的嘴還在血條裡面笑著。

過一會，有二伯裸著胸脯和肩頭，站在廂房門口，鼻子孔塞著兩塊小東西，他喊著：「老楊……楊安……有單褂子借給穿穿……明天這件乾啦！就把你的脫下來……我那件掉啦膀子。夾的送去做，還沒倒出工夫去拿……」他手裡抖著那件洗過的衣裳。

「你說什麼？」楊安幾乎是喊著：「你送去做的裌衣裳還沒倒出工夫去拿？有二爺真是忙人！衣服做都做好啦……拿一趟就沒有工夫去拿……有二爺真是二爺，將來要用個跟班的啦……」

我爬著梯子，上了廂房的房頂，聽著街上是有打架的，上去看一看。房頂上的風很大，我打著顫子下來了。有二伯還赤著臂膀站在檐下。那件溼的衣裳在繩子上拍拍地被風吹著。點燈的時候，我進屋去加了件衣裳，很例外我看到有二伯單獨地坐在飯桌的屋子裡喝酒，並且更奇怪的是楊廚子給他盛著湯。

「我各自盛吧！你去歇歇吧……」有二伯和楊安爭奪著湯盆裡的勺子。

我走去看看，酒壺旁邊的小碟子裡還有兩片肉。

有二伯穿著楊安的小黑馬褂，腰帶幾乎是束到胸脯上去。他從來不穿這樣小的衣裳，我看他不像個有二伯，像誰呢？也說不出來？他嘴在嚼著東西，鼻子上的小塞還會動著。

本來只有父親晚上回來的時候，才單獨地坐在洋燈下吃飯。在有二伯，就很新奇，所以我站著看了一會。

楊安像個彎腰的瘦甲蟲，他跑到客室的門口去……

「快看看……」他歪著脖子：「都說他不吃羊肉……不吃羊肉……肚子太小，怕是脹破了……三大碗羊湯喝完啦……完啦……哈哈哈……」他小聲地笑著，做著手勢，放下了門簾。

又一次，完全不是羊肉湯……而是牛肉湯……可是當有二伯拿起了勺子，楊安就說：「羊肉湯……」

他就把勺子放下了，用筷子夾著盤子裡的炒茄子，楊安又告訴他：「羊肝炒茄子。」

他把筷子去洗了洗，他自己到碗櫥去拿出了一碟醬鹹菜，他還沒有拿到桌子上，楊安又說：「羊……」他說不下去了。

「羊什麼呢……」有二伯看著他：「羊……羊……唔……是鹹菜呀……嗯！鹹菜裡邊說乾淨也不乾淨……」

「怎麼不乾淨？」

「用切羊肉的刀切的鹹菜。」

「我說楊安，你可不能這樣……」有二伯離著桌子很遠，就把碟子摔了上去，桌面過於光滑，小碟在上面呱呱地跑著，撞在另一個盤子上才停住。

「你楊安……可不用欺生……姓姜的家裡沒有你……你和我也是一樣，是個外棵秧！年輕人好好學……怪模怪樣的……將來還要有個後成……」

「唉呀呀！後成！就算絕後一輩子吧……不吃羊腸……麻花鋪子炸麵魚，假腥氣……不吃羊腸，可吃羊肉……別裝扮著啦……」楊安的脖子因為生氣直了一點。

「兔羔子……你他媽……陽氣什麼？」有二伯站起來向前走去。

「有二爺，不要動那樣大的氣……氣大傷身不養家……我說，咱爺倆都是跑腿子……說個笑話……開個心……」廚子傻傻地笑著，「哪裡有羊腸呢……說著玩……你看你就不得了啦……」

好像站在公園裡的石人似的，有二伯站在地心。

「……別的我不生氣……鬧笑話，也不怕鬧……可是我就忌諱這手……這不是好鬧笑話的……前年我不知道吃過一回……後來知道啦，病啦半個多月……後來這脖上生了一塊瘡算是好啦……吃一回羊肉倒不算什麼……就是心裡頭放不下，就好像背了自己的良心……背良心的事不做……做了那後悔是受不住的，有二不吃羊肉也就是為的這個……」喝了一口冷水之後他還是抽菸。

別人一個一個地開始離開了桌子……

從此有二伯的鼻子常常塞著小塞，後來又說腰痛，後來又說腿痛。他走過院心不像從前那麼挺直，有時身子向一邊歪著，有時用手拉住自己的腰帶……大白狗跟著他前後地跳著的時候，他躲閃著牠：「去吧……去吧！」他把手縮在袖子裡面，用袖口向後掃擺著。

但，他開始詛罵更小的東西，比方一塊磚頭打在他的腳上，他就坐下來，用手按在那磚頭，好像他疑心那磚頭會自己走到他腳上來的一樣。若當鳥雀們飛著時，有什麼髒汙的東西落在他的袖子或是什麼地方，他就一面抖掉它，一面對著那已經飛過去的小東西講著話：「這東西……啊哈！會找地方，往袖子上掉……你也是個瞎眼睛，掉，就往那個穿綢穿緞的身上掉！往我這掉也是白……窮跑腿子……」

他擦淨了袖子，又向他頭頂上那塊天空看了一會，才重新走路。

板牆下的蟋蟀沒有了，有二伯也好像不再跳板牆了。早晨廚子挑水的時候，他就跟著水桶通過板門去，而後向著井沿走，就坐在井沿旁的空著的碾盤上。差不多每天我拿了鑰匙放小朋友們進來時，他總是在碾盤上招呼著：「花子……等一等你二伯……」我看他像鴨子在走路似的。「你二伯真是不行了……眼看著……眼看著孩子們往這而來，可是你二伯就追不上……」

他一進了板門，又坐在門邊的木樽上。他的一隻腳穿著襪子，另一隻的腳趾捆了一段麻繩，他把麻繩抖開，在小布片下面，那腫脹的腳趾上還腐了一小塊。好像茄子似的腳趾，他又把它包紮起來。

「今年的運氣十分不好……小毛病緊著添……」他取下來咬在嘴上的麻繩。

以後當我放小朋友進來的時候，不是有二伯招呼著我，而是我招呼著他。因為關了門，他再走到門口，給他開門的人也還是我。

在碾盤上不但坐著，他後來就常常睡覺，他睡得就像完全沒有了感覺似的，有一個花鴨子伸著脖頸啄著他的腳心，可是他沒有醒，他還是把腳伸在原來的地方。碾盤在太陽下閃著光，他像是睡在圓鏡子上邊。

我們這些孩子們拋著石子和飛著沙土，我們從板門衝出來，跑到井沿上去，因為井沿上有更多的石子，我把我的衣袋裝滿了它們，我就蹲在碾盤後和他們作戰，石子在碾盤上「叭」，「叭」，好像還冒著一道煙。

有二伯閉著眼睛忽然抓了他的煙袋：「王八蛋，幹什麼……還敢來……還敢上……」

他打著他的左邊和右邊，等我們都集攏來看他的時候，他才坐起來。

「……媽的……做了一個夢……那條道上的狗真多……」

連小狗崽也上來啦……讓我幾煙袋鍋子就全數打了回去……」他揉一揉手骨節，嘴角上流下笑來：「媽的……真是那麼個滋味……做夢狗咬啦呢……醒啦還有點疼……」

明明是我們打來的石子，他說是小狗崽，我們都為這事吃驚而得意。跑開了，好像散開的雞群，吵叫著，展著翅膀。

他打著呵欠：「呵……呵呵……」在我們背後像小驢子似的叫著。

我們回頭看他，他和要吞食什麼一樣，向著太陽張著嘴。

那下著毛毛雨的早晨，有二伯就坐到碾盤上去了。楊安擔著水桶從板門來來往往地走了好幾回……楊安鎖著板門的時候，他就說：「有二爺子這幾天可真變樣……那神氣，我看幾天就得進廟啦……」

我從板縫往西邊看看，看不清是有二伯，好像小草堆似的，在雨裡邊澆著。

「有二伯……吃飯啦！」我試著喊了一聲。

回答我的，只是我自己的迴響：「嗚嗚」的在我的背後傳來。

「有二伯，吃飯啦！」這次把嘴唇對準了板縫。

可是回答我的又是「嗚嗚」。

下雨的天氣永遠和夜晚一樣，到處好像空瓶子似的，隨時被吹著隨時發著響。

「不用理他……」母親在開窗子：「他是找死……你爸爸這幾天就想收拾他呢……」

我知道這「收拾」是什麼意思：打孩子們叫「打」，打大人就叫「收拾」。

我看到一次，因為看紙牌的事情，有二伯被管事的「收拾」了一回。可是父親，我還沒有看見過，母親向楊廚子說：「這幾年來，他爸爸不屑理他……總也沒在他身上動過手……可是他的驕毛越長越長……賤骨頭，非得收拾不可……若不然……他就不自在。」

母親越說「收拾」我就越有點害怕，在什麼地方「收拾」呢？在院心，管事的那回可不是在院心，是在廂房的炕上。那麼這回也要在廂房裡！是不是要拿著燒火的叉子？那回管事的可是拿著。我又想起來小啞巴，小啞巴讓他們踏了一腳，手指差一點沒有踏斷。到現在那小手指還不是彎著嗎？

有二伯一面敲著門一面說著：「大白……大白……你是沒心肝的……你早晚……」等大白狗從板牆跳出去，他又說：「去……去……」

「開門！沒有人嗎？」

我要跑去的時候，母親按住了我的頭頂：「不用你顯勤快！讓他站一會吧，不是吃他飯長的……」

那聲音越來越大了，真是好像用腳踢著。

「沒有人嗎？」每個字的聲音完全喊得一平。

「人倒是有，倒不是侍候你的……你這份老爺子不中用……」母親的說話，不知有二伯聽到沒有聽到。

但那板門暴亂起來：「死絕了嗎？人都死絕啦……」

「你可不用假裝瘋魔……有二，你罵誰呀……對不住你嗎？」母親在廚房裡叫著：「你的後半輩吃誰的飯來的……你想想，睡不著覺思量思量……有骨頭，別吃人家的飯？討飯吃，還嫌酸……」

並沒有回答的聲音，板牆隆隆地響著，等我們看到他，他已經是站在牆這邊了。

「我……我說……四妹子……你二哥說的是楊安，家裡人……我是不說的……你二哥，沒能耐不是假的，可是吃這碗飯，你可也不用委曲……」我奇怪要打架的時候，他還笑著：「有四兄弟在……算帳咱們和四兄弟算……」

「四兄弟……四兄弟屑得跟你算……」母親向後推著我。

「不屑得跟你二哥算……哼！哪天咱們就算算看……那天四兄弟不上學堂……咱們就算算看……」他哼哼的，好像水洗過的小瓦盆似的，沒有邊沿的草帽切著他的前額。

他走過的院心上，一個一個的留下了泥窩。

「這死鬼……也不死……腳爛啦！還一樣會跳牆……」母親像是故意讓他聽到。

「我說四妹子……你們說的是你二哥……哼哼……你們能說出口來？我死……人不好那樣，誰都是爹娘養的，吃飯長的……」他拉開了廂房的門扇，就和拉著一片石頭似的那樣用力，但他並不走進去。「你二哥，在你家住了三十多年……哪一點對不住你們，拍拍良心……一根草棍也沒給你們蹧蹋過……唉……四妹子……這年頭……沒處說去……沒處說去……人心看不見……」

我拿著滿手的柿子，在院心滑著跳著跑到廂房去，有二伯在烤著一個溫暖的火堆，他坐得那麼剛直，和門旁那只空著的大罈子一樣。

「滾……鬼頭鬼腦的……幹什麼事？你們家裡頭盡是些耗子。」我站在門口還沒有進去，他就這樣的罵著我。

我想：可真是，不怪楊廚子說，有二伯真有點變了。他罵人也罵得那麼奇怪，盡是些我不懂的話，「耗子」，「耗子」與我有什麼關係！說牠幹什麼？

我還是站在門邊，他又說：「王八羔子……兔羔子……窮命……狗命……不是人……在人裡頭缺點什麼……」他說的是一套一套的，我一點也記不住。

我也學著他，把鞋脫下來，兩個鞋底相對起來，坐在下面。

「這你孩子……人器具麼樣，你也什麼樣！看著葫蘆就畫瓢……那好的……新新的鞋子就坐……」他的眼睛就像鐔子上沒有燒好的小坑似的向著我。

「那你怎麼坐呢！」我把手伸到火上去。

「你二伯坐……你看看你二伯這鞋……坐不坐都是一樣，不能要啦！穿啦它二年整。」把鞋從身下抽出來，向著火看了許多工夫。他忽然又生起氣來……

「你們……這都是天堂的呀……你二伯像你那大……靡穿過鞋……哪來的鞋呢？放豬去，拿著個小鞭子就走……一天跟著太陽出去……又跟著太陽回來……帶著兩個飯糰就算是晌飯……你看看你們……饅頭乾糧，滿院子滾！我若一掃院子就準能撿著幾個……你二伯小時候連饅頭邊都……都摸不著哇！如今……連大白狗都不去吃啦……」

他的這些話若不去打斷他，他就會永久說下去：從幼小說到長大，再說到鍋臺上的瓦盆……再從瓦盆回到他幼年吃過的那個飯糰上去。我知道他又是這一套，很使我起反感，我討厭他，我就把紅柿子放在火上去燒著，看一看燒熟是個什麼樣？

「去去……哪有你這樣的孩子呢？人家烘點火暖暖……你也必得弄滅它……去，上一邊去燒去……」他看著火堆喊著。

我穿上鞋就跑了，房門是開著，所以那罵的聲音很大：「鬼頭鬼腦的，幹些什麼事？你們家裡……盡是些耗子……」

有二伯和後園裡的老茄子一樣，是灰白了，然而老茄子一天比一天靜默下去，好像完全任憑了命運。可是有二伯從東牆罵到西牆，從掃地的掃帚罵到水桶……而後他罵著他自己的草帽……

「……王八蛋……這是什麼東西……去你的吧……沒有人心！夏不遮涼，冬不抗寒……」

後來他還是把草帽戴上，跟著楊廚子的水桶走到井沿上去，他並不坐到石磙上，跟著水桶又回來了。

「王八蛋……你還算個牲口……你黑心粒……」他看看牆根的豬說。

他一轉身又看到了一群鴨子：「哪天都殺了你們……一天到晚呱呱的……他媽的若是個人，也是個閒人。都殺了你們……別享福……吃得溜溜胖……溜溜肥……」

後園裡的葵花子，完全成熟了，那過重的頭柄幾乎折斷了它自己的身子。玉米有的只帶了葉子站在那裡，有的還掛著稀少的玉米棒。黃瓜老在架上了，赫黃色的，麻裂了皮，有的束上了紅色的帶子，母親規定了它們：來年作為種子。葵花子也是一樣，在它們的頸間也有的是掛了紅布條。只有已經發了灰白的老茄子還都自由地吊在枝棵上，因為它們的內面，完全是黑色的子粒，孩子們既然不吃它，廚子也總不採它。

只有紅柿子，紅得更快，一個跟著一個，一堆跟著一堆。

好像搗衣裳的聲音，從四面八方傳來了一樣。

有二伯在一個清涼的早晨，和那搗衣裳的聲音一道，倒在院心了。

我們這些孩子們圍繞著他，鄰人們也圍繞著他，但當他爬起來的時候，鄰人們又都向他讓開了路。

他跑過去，又倒下來了。父親好像什麼也沒做，只在有二伯的頭上拍了一下。

照這樣做了好幾次，有二伯只是和一條捲蟲似的滾著。

父親卻和一部機器似的那麼靈巧。他讀書看報時的眼鏡也還戴著，他叉著腿，有二伯來了的時候，我看見他的白綢衫的襟角很和諧地抖了一下。

「有二……你這小子混蛋……一天到晚，你罵什麼……有吃有喝，你還要掙命……你個祖宗的！」

有二伯什麼聲音也沒有。倒了的時候，他想法子爬起來，爬起來他就向前走著，走到父親的地方他又倒了下來。

等他再倒了下來的時候，鄰人們也不去圍繞著他。母親始終是站在臺階上。楊安在柴堆旁邊，胸前立著竹帚……鄰家的老祖母在板門外被風吹著她頭上的藍色的花。還有管事的……還有小啞巴……還有我不認識的人，他們都靠到牆根上去。

到後來有二伯枕著他自己的血，不再起來了，腳趾上紮著的那塊麻繩脫落在旁邊，煙荷包上的小圓葫蘆，只留了一些片沫在他的左近。雞叫著，但是跑得那麼遠……只有鴨子來啄食那地上的血液。

我看到一個綠頭頂的鴨子和一個花脖子的。

冬天一來了的時候，那榆樹的葉子，連一棵也不能夠存在，因為是一棵孤樹，所有從四面來的風，都搖得到它。所以每夜聽著火爐蓋上茶壺嗞嗞的聲音的時候，我就從後窗看著那棵大樹，白的，穿起了鵝毛似的……連那頂小的枝子也胖了一些。太陽來了的時候，榆樹也會閃光，和閃光的房頂，閃光的地面一樣。

起初，我們是玩著堆雪人，後來就厭倦了，改為拖狗爬犁了，大白狗的脖子上每天束著繩子，楊安給我們做起來的爬犁。起初，大白狗完全不走正路，牠往狗窩裡面跑，往廚房裡面跑。我們打著牠，終於使牠習慣下來，但也常常兜著圈子，把我們全數扣在雪地上。牠每這樣做了一次，我們就一天不許牠吃東西，嘴上給牠掛了龍頭。

但這牠又受不慣，總是鬧著，叫著……用腿抓著雪地，所以我們把牠束到馬樁子上。

不知為什麼？有二伯把牠解了下來，他的手又顫顫得那麼厲害。

而後他把狗牽到廂房裡去，好像牽著一匹小馬一樣……

過了一會出來了，白狗的背上壓著不少東西：草帽頂、銅水壺、豆油燈碗、方枕頭、團蒲扇……小圓筐……好像一輛搬家的小車。

有二伯則挾著他的棉被。

「二伯！你要回家嗎？」

他總常說「走走」。我想「走」就是回家的意思。

「你二伯……嗯……」那被子流下來的棉花一塊一塊的玷汙了雪地，黑灰似的在雪地上滾著。

還沒走到板門，白狗就停下了，並且打著，他有些牽不住牠了。

「你不走嗎？你……大白……」

我取來鑰匙給他開了門。

在井沿的地方，狗背上的東西，就全都弄翻了。在石磙上擺著小圓筐和銅茶壺這一切。

「有二伯……你回家嗎？」若是不回家為什麼帶著這些東西呢！

「嗯……你二伯……」

白狗跑得很遠的了。

「這兒不是你二伯的家，你二伯別處也沒有家。」

「來……」他招呼著大白狗：「不讓你背東西……就來吧……」

他好像要去抱那狗似的張開了兩臂。

「我要等到開春……就不行……」他拿起了銅水壺和別的一切。

我想他是一定要走了。

我看著遠處白雪裡邊的大門。

但他轉轉身去，又向著板門走了回來，他走動的時候，好像肩上擔著水桶的人一樣，東邊搖著，西邊搖著。

「二伯，你是忘下了什麼東西？」

但回答著我的只有水壺蓋上的銅環……咯鈴鈴咯鈴鈴……

他是去牽大白狗吧？對這件事我很感到趣味，所以我拋棄了小朋友們，跟在有二伯的背後。

走到廂房門口，他就進去了，戴著龍頭的白狗，他像沒有看見牠。

他是忘下了什麼東西？

但他什麼也不去拿，坐在炕沿上，那所有的全套的零碎完全照樣在背上和胸上壓著他。

他開始說話的時候，連自己也不能知道我是已經向著他的旁邊走去。

「花子！你關上門……來……」他按著從身上退下來的東西……「你來看看！」

我看到的是些什麼呢？

掀起蓆子來，他抓了一把：「就是這個……」而後他把穀粒拋到地上：「這不明明是往外攆我嗎……腰疼……腿疼沒有人看見……這炕暖倒記住啦！說是沒有米吃，這穀子又潮溼……墊在這炕下煬幾天……十幾天啦……一寸多厚……燒點火還能熱上來……暖！……想是等到開春……這衣裳不抗風……」

他拿起掃帚來，掃著窗櫺上的霜雪，又掃著牆壁：「這是些什麼？吃糖可就不用花錢？」

隨後他燒起火來，柴草就著在灶口外邊，他的鬍子上小白冰溜變成了水，而我的眼睛流著淚……那煙遮沒了他和我。

他說他七歲上被狼咬了一口，八歲上被驢子踢掉一個腳趾……我問他：「老虎，真的，山上的你看見過嗎？」

他說：「那倒沒有。」

我又問他：「大象你看見過嗎？」

而他就不說到這上面來。他說他放牛放了幾年，放豬放了幾年……

「你二伯三個月沒有娘……六個月沒有爹……在叔叔家裡住到整整七歲，就像你這麼大……」

「像我這麼大怎麼的呢？」他不說到狼和虎我就不願意聽。

「像你那麼大就給人家放豬去啦吧……」

「狼咬你就是像我那大咬的？咬完啦，你還敢再上山不敢啦……」

「不敢，哼……在自家裡是孩子……在別人就當大人看……不敢……不敢……回家去……你二伯也是怕呀……為此哭過一些……好打也挨過一些……」

我再問他：「狼就咬過一回？」

他就不說狼，而說一些別的：又是哪年他給人家當過餵馬的……又是我爺爺怎麼把他領到家裡來的……又是什麼五月裡櫻桃開花啦……又是：「你二伯前些年也想給你娶個二大娘……」

我知道他又是從前那一套，我衝開了門站在院心去了。被煙所傷痛的眼睛什麼也不能看了，只是流著淚……

但有二伯攤在火堆旁邊，幽幽地起著哭聲……

我走向上房去了，太陽晒著我，還有別的白色的閃光，它們都來包圍了我：或是在前面迎接著，或是從後面追趕著我站在臺階上，向四面看看，那麼多純白而閃光的房頂！

那麼多閃光的樹枝！它們好像白石雕成的珊瑚樹似的站在一些房子中間。

有二伯的哭聲更高了的時候，我就對著這眼前的一切更愛：它們多麼接近，比方雪地是踏在我的腳下，那些房頂和樹枝就是我的鄰家，太陽雖然遠一點，然而也來照在我的頭上。

春天，我進了附近的小學校。

有二伯從此也就不見了。

孤獨的生活

藍色的電燈，好像通夜也沒有關，所以我醒來一次看看牆壁是發藍的，再醒來一次，也是發藍的。天明之前，我聽到蚊蟲在帳子外面嗡嗡嗡地叫著，我想，我該起來了，蚊蟲都吵得這樣熱鬧了。

收拾了房間之後，想要做點什麼事情這點，日本與我們中國不同，街上雖然已經響著木屐的聲音，但家屋仍和睡著一般的安靜。我拿起筆來，想要寫點什麼，在未寫之前必得要先想，可是這一想，就把所想的忘了！

為什麼這樣靜呢？我反倒對著這安靜不安起來。

於是出去，在街上走走，這街也不和我們中國的一樣，也是太靜了，也好像正在睡覺似的。

於是又回到了房間，我仍要想我所想的：在蓆子上面走著，吃一根香菸，喝一杯冷水，覺得已經差不多了，坐下來吧！寫吧！

剛剛坐下來，太陽又照滿了我的桌子。又把桌子換了位置，放在牆角去，牆角又沒有風，所以滿頭流汗了。

再站起來走走，覺得所要寫的，越想越不應該寫，好，再另計劃別的。好像疲乏了似的，就在蓆子上面躺下來，偏偏簾子上有一個蜂子飛來，怕牠刺著我，起來把牠打跑了。剛一躺下，樹上又有一個蟬開頭叫起。蟬叫倒也不算奇怪，但只一個，聽來那聲音就特別大，我把頭從窗子伸出去，想看看，到底是在哪一棵樹上?可是鄰人拍手的聲音，比蟬聲更大，他們在笑了。我是在看蟬，他們一定以為我是在看他們。

於是穿起衣裳來，去吃中飯。經過華的門前，她們不在家，兩雙拖鞋擺在木箱上面。她們的女房東，向我說了一些什麼，我一個字也不懂，大概也就是說她們不在家的意思。

日本食堂之類，自己不敢去，怕人看成個阿墨林。所以去的是中國飯館，一進門那個戴白帽子的就說：「伊拉瞎伊麻絲……」

這我倒懂得，就是「來啦」的意思。既然坐下之後，他仍說的是日本話，於是我跑到廚房去，對廚子說了：要吃什麼，要吃什麼。

回來又到華的門前看看，還沒有回來，兩雙拖鞋仍擺在木箱上。她們的房東又不知向我說了些什麼！

晚飯時候，我沒有去尋她們，出去買了東西回到家裡來吃，照例買的麵包和火腿。吃了這些東西之後，著實是寂寞了。外面打著雷，天陰得昏昏沉沉的了。想要出去走走，又怕下雨，不然，又是比日裡還要長的夜，又把我留在房間裡了。終於拿了雨衣，走出去了，想要逛逛夜市，也怕下雨，還是去看華吧！一邊帶著失望一邊向前走著，結果，她們仍是沒有回來，仍是看到了兩雙拖鞋，仍是聽到了那房東說了些我所不懂的話語。

假若，再有別的朋友或熟人，就是冒著雨，我也要去找他們，但實際是沒有的。只好照著原路又走回來了。

現在是下著雨，桌子上面的書，除掉《水滸》之外，還有一本胡風譯的《山靈》，《水滸》我連翻也不想翻，至於《山靈》，就是抱著我這一種心情來讀，有意義的書也讀壞了。

雨一停下來，穿著街燈的樹葉好像螢火似的發光，過了一些時候，我再看樹葉時那就完全漆黑了。

雨又開始了，但我的周圍仍是靜的，關起了窗子，只聽到屋瓦滴滴地響著。

我放下了帳子，打開藍色的電燈，並不是準備睡覺，是準備看書了。

讀完了《山靈》上〈聲〉的那篇，雨不知道已經停了多久了？那已經啞了的權龍八，他對他自己的不幸，並不正面去惋惜，他正為著剷除這種不幸才來幹這樣的事情的。

已經啞了的丈夫，他的妻來接見他的時候，他只把手放在嘴唇前面擺來擺去，接著他的臉就紅了，當他紅臉的時候，我不曉得那是什麼心情激動了他？還有，他在監房裡讀著速成國語讀本的時候，他的夥伴都想要說：「你話都不會說，還學日文幹什麼！」

在他讀的時候，他只是聽到像是蒸氣從喉嚨漏出來的一樣。恐怖立刻浸著了他，他慌忙地按了監房裡的報知機，等他把人喊了來，他又不說什麼，只是在嘴的前面搖著手。

所以看守罵他：「為什麼什麼也不說呢？混蛋！」

醫生說他是「聲帶破裂」，他才曉得自己一生也不會說話了。

我感到了藍色燈光的不足，於是開了那只白燈泡，準備再把《山靈》讀下去。我的四面雖然更靜了，等到我把自己也忘掉了時，好像我的周圍也動盪了起來。

天還未明，我又讀了三篇。

索非亞的愁苦

僑居在哈爾濱的俄國人那樣多。從前他們罵著：「窮黨，窮黨。」連中國人開著的小酒店或是小食品店，都怕「窮黨」進去。誰都知道「窮黨」喝了酒，常常會討不出錢來。

可是現在那罵著窮黨的，他們做了「窮黨」了：馬車夫，街上的浮浪人，叫化子，至於那大鬍子的老磨刀匠，至於那去過歐戰的獨腿人，那拉手風琴在乞討銅板的，人們叫他街頭音樂家的獨眼人。

索非亞的父親就是馬車夫。

索非亞是我的俄文教師。

她走路走得很漂亮，像跳舞一樣。可是，她跳舞跳得怎樣呢？那我不知道，因為我還不懂得跳舞。但是我看她轉著那樣圓的圈子，我喜歡她。

沒多久，熟識了之後，我們是常常跳舞的。「再教我一個新步法！這個，你看我會了。」桌上的錶一過十二點，我們就停止讀書。我站起來，走了一點姿勢給她看。

「這樣可以嗎？左邊轉，右邊轉，都可以！」

「怎麼不可以！」她的中國話講得比我們初識的時候更好了。為著一種感情，我從不以為她是一個「窮黨」，幾乎連那種觀念也沒有存在。她唱歌唱得也很好，她又教我唱歌。有一天，她的手指甲染得很紅的來了。還沒開始讀書，我就對她的手很感到趣味，因為沒有看到她裝飾過。她從不塗粉，嘴唇也是本來的顏色。

「嗯哼，好看的指甲啊！」我笑著。

「呵！壞的，不好的，『涅克拉西為』是不美的、難看的意思。」

我問她：「為什麼難看呢？」……

「讀書，讀書，十一點鐘了。」她沒有回答我。

後來，我們再熟識的時候，不僅跳舞、唱歌，我們談著服裝，談著女人：西洋女人、東洋女人、俄國女人、中國女人。有一天，我們正在講解著文法，窗子上有紅光閃了一下，我招呼著：「快看！漂亮哩！」房東的女兒穿著紅緞袍子走過去。

我想，她一定要稱讚一句。可是她沒有：「白吃白喝的人們！」

這樣合乎文法完整的名詞，我不知道為什麼她能說出來？當時，我只是為著這名詞的構造而驚奇。至於這名詞的意義，好像以後才發現出來。

後來，過了很久，我們談著思想，我們成了好友了。

「白吃白喝的人們，是什麼意思呢？」我已經問過她幾次了，但仍常常問她。她的解說有意思：「豬一樣的，吃得很好，睡得很好。什麼也不做，什麼也不想……」

「那麼，白吃白喝的人們將來要做『窮黨』了吧？」……

「是的，要做『窮黨』的。不，可是……」她的一絲笑紋也從臉上退走了。

不知多久，沒再提到「白吃白喝」這句話。我們又回轉到原來友情上的寸度：跳舞、唱歌，連女人也不再說到。我的跳舞步法也和友情一樣沒有增加，這樣一直繼續到「巴斯哈」節。（「巴斯哈」節：即「踰越節」，約在每年陽曆三、四月間，猶太民族的主要節日。）

節前的幾天，索非亞手臉色比平日更慘白些，嘴唇白得幾乎和臉色一個樣，我也再不要求她跳舞。

就是節前的一日，她說：「明天過節，我不來，後天來。」

後天，她來的時候，她向我們說著她愁苦，這很意外。友情因為這個好像又增加起來。……

「昨天是什麼節呢？」

「『巴斯哈』節，為死人過的節。染紅的雞子帶到墳上去，花圈帶到墳上去……」

「什麼人都過嗎？猶太人也過『巴斯哈』節嗎？」

「猶太人也過，『窮黨』也過，不是『窮黨』也過。」

到現在我想知道索非亞為什麼她也是「窮黨……」，然而我不能問她。

「愁苦，我愁苦……媽媽又生病，要進醫院，可是又請不到免費證。」

「要進哪個醫院？」

「專為俄國人設的醫院。」

「請免費證，還要很困難的手續嗎？」

「沒有什麼困難的，只要不是『窮黨』。」

有一天，我只吃著乾麵包。那天她來得很早，差不多九點半鐘她就來了。

「營養不好，人是瘦的、黑的，工作得少，工作得不好。慢慢健康就沒有了。」

我說：「不是，只喜歡空吃麵包，而不喜歡吃什麼菜。」她笑了：「不是喜歡，我知道為什麼。昨天我也是去做客，妹妹也是去做客。爸爸的馬車沒有賺到錢，爸爸的馬也是去做客。」

我笑她：「馬怎麼也會去做客呢？」

「會的，馬到牠的朋友家裡去，就和牠的朋友站在一道吃草。」

俄文讀得一年了，索非亞家的牛生了小牛，也是她向我說的。並且當我到她家裡去做客，若當老羊生了小羊的時候，我總是要吃羊奶的。並且在她家我還看到那還不很會走路的小羊。

「吉普賽人是『窮黨』嗎？怎麼中國人也叫他們『窮黨』呢？」這樣話，好像在友情最高的時候更不能問她。

「吉普賽人也會講俄國話的，我在街上聽到過。」

「會的，猶太人也多半會俄國話！」索非亞的眉毛動彈了一下。

「在街上拉手風琴的一個眼睛的人，他也是俄國人嗎？」

「是俄國人。」

「他為什麼不回國呢？」

「回國！那你說我們為什麼不回國？」她的眉毛好像在黎明時候靜止著的樹葉，一點也沒有搖擺。

「我不知道。」我實在是慌亂了一刻。

「那麼猶太人回什麼國呢？」

我說：「我不知道。」

春天柳條舞著芽子的時候，常常是陰雨的天氣，就在雨絲裡一種沉悶的鼓聲來在窗外了：「咚咚！咚咚！」

「猶太人，他就是父親的朋友，去年『巴斯哈』節他是在我們家裡過的。他世界大戰的時候去打過仗。」

「咚咚，咚咚，瓦夏！瓦夏！」

我一面聽著鼓聲，一面聽到喊著瓦夏，索非亞的解說在我感不到力量和微弱。

「為什麼他喊著瓦夏？」我問。

「瓦夏是他的夥伴，你也會認識他……是的，就是你說的中央大街上拉風琴的人。」

那猶太人的鼓聲並不響了，但仍喊著瓦夏，那一雙肩頭一齊聳起又一齊落下，他的腿是一隻長腿一隻短腿。那隻短腿使人看了會並不相信是存在的，那是從腹部以下就完全失去了，和丟掉一隻腿的蛤蟆一樣奇形。

他經過我們的窗口，他笑笑。

「瓦夏走得快哪！追不上他了。」這是索非亞給我翻譯的。

等我們再開始講話，索非亞她走到屋角長青樹的旁邊：「屋子太沒趣了，找不到靈魂，一點生命也感不到地活著啊！冬天屋子冷，這樹也黃了。」

我們的談話，一直繼續到天黑。

索非亞述說著在落雪的一天，她跌了跤，從前安得來夫將軍的兒子在路上罵她「窮黨」。

「……你說，那豬一樣的東西，我該罵他什麼呢？——罵誰『窮黨』！你爸爸的骨頭都被『窮黨』的煤油燒掉了——他立刻躲開我，他什麼話也沒有再回答。『窮黨』，吉普賽人也是『窮黨』，猶太人也是『窮黨』。現在真正的『窮黨』還不是這些人，那些沙皇的子孫們，那些流氓們才是真正的『窮黨』。」

索非亞的情感約束著我，我忘記了已經是應該告別的時候。

「去年的『巴斯哈』節，爸爸喝多了灑，他傷心……他給我們跳舞，唱高加索歌……我想他唱的一定不是什麼歌曲，那是他想他家鄉的心情的嚎叫，他的聲音大得厲害哩！我的妹妹米娜問他：『爸爸唱的是哪裡的歌？』他接著就唱起『家鄉』、『家鄉』來了，他唱著許多家鄉。我們生在中國地方，高加索，我們對它一點什麼也不知道。媽媽也許是傷心的，她哭了！猶太人哭了——拉手風琴的人，他哭的時候，把吉普賽女孩抱了起來。也許他們都想著『家鄉』。可是，吉普賽女孩不哭，我也不哭。米娜還笑著，她舉起酒瓶來跟著父親跳高加索舞，她一再說：『這就是火把！』爸爸說：『對的。』他還是說高加索舞是有火把的。米娜一定是從電影上看到過火把……爸爸舉著三弦琴。」

索非亞忽然變了一種聲音：「不知道吧！為什麼我們做『窮黨』？因為是高加索人。哈爾濱的高加索人還不多，可是沒有生活好的。從前是『窮黨』，現在還是『窮黨』。爸爸在高加索的時候種田，來到中國也是種田。現在他趕馬車，他是一九一二年和媽媽跑到中國來。爸總是說：『哪裡也是一樣，幹活計就吃飯。』這話到現在他是不說的了……」

她父親的馬車回來了，院裡啷啷地響著鈴子。

我再去看她，那是半年以後的事，臨告別的時候，索非亞才從床上走下地板來。

「病好了我回國的。工作，我不怕，人是要工作的。傳說，那邊工作很厲害。母親說，還不要回去吧！可人們沒有想想，人們以為這邊比那邊待他還好！」走到門外她還說：「『回國證』怕難一點，不要緊，沒有『回國證』，我也是要回去的。」她走路的樣子再不像跳舞，遲緩與艱難。

過了一個星期，我又去看她，我是帶著糖果。

「索非亞進了醫院的。」她的母親說。

「醫院在什麼地方？」

她的母親說的完全是俄語，那些俄文的街名，無論怎樣是我所不懂的。

「可以嗎？我去看看她？」

「可以，星期日可以，平常不可以。」

「醫生說她是什麼病？」

「肺病，很輕的肺病，沒有什麼要緊。『回國證』她是得不到的，『窮黨』回國是難的。」

我把糖果放下就走了。這次送我出來的不是索非亞，而是她的母親。

一條鐵路的完成

一九二八年的故事，這故事，我講了好幾次。而每當我讀了一節關於學生運動記載的文章之後，我就想起那年在哈爾濱的學生運動，那時候我是一個女子中學裡的學生，是開始接近冬天的季節。我們是在二層樓上有著壁爐的課室裡面讀著英文課本。因為窗子是裝著雙重玻璃，起初使我們聽到的聲音是從那小小的通氣窗傳進來的。英文教員在寫著一個英文字，他回一回頭，他看一看我們，可是接著又寫下去，一個字終於沒有寫完，外邊的聲音就大了，玻璃窗子好像在雨天裡被雷聲在抖著似的那麼轟響。短板牆以外的石頭道上在呼叫著的，有那許多人，我從來沒有見過，使我想像到軍隊，又想到馬群，又想像到波浪……總之對於這個我有點害怕。校門前跑著拿長棒的童子軍，而後他們衝進了教員室，衝進了校長室，等我們全體走下樓梯的時候，我聽到校長室裡在鬧著。這件事情一點也不光榮，使我以後見到男學生們總帶著對不住或軟弱的心情。

「你不放你的學生出動嗎？……我們就是鋼鐵，我們就是熔爐……」跟著聽到有木棒打在門扇上或是地板上，那亂糟糟的鞋底的響聲。這一切好像有一場大事件就等待著發生，於是有一種莊嚴而寬宏的情緒高漲在我們的血管裡。

「走!跟著走!」大概那是領袖，他的左邊的袖子上圍著一圈白布，沒有戴帽子，從樓梯向上望著，我看他們快要變成播音機了:「走!跟著走!」

而後又看到了女校長的發青的臉，她的眼跟星子似的閃動在她的恐懼中。

「你們跟著去吧!要守秩序!」她好像被鷹類捉拿到的雞似的軟弱，她是被拖在兩個戴大帽子的童子軍的臂膀上。

我們四百多人在大操場上排著隊的時候，那些男同學們還滿院子跑著，搜尋著，好像對於小偷那種形式，侮辱!侮辱!他們竟搜尋到廁所。

女校長那混蛋，剛一脫離了童子軍的臂膀，她又恢復了那假裝著女皇的架子。

「你們跟他們去，要守秩序，不能破格……不能和那些男學生們那樣沒有教養，那麼野蠻……」而後她抬起一隻袖子來:「你們知道你們是女學生嗎?記得住嗎?是女學生。」

在男學生們的面前，她又說了那樣的話，可是一出校門不遠，連對這侮辱的憤怒都忘記了。向著喇嘛臺，向著火車站，小學校、中學校、大學校，幾千人的行列……那時我覺得我是在這幾千人之中，我覺得我的腳步很有力。凡是我看到的東西，已經都變成了嚴肅的東西，無論馬路上的石子，或是那已經落了葉子的街樹。反正我是站在「打倒日本帝國主義」的喊聲中了。

走向火車站必得經過日本領事館。我們正向著那座紅樓咆哮著的時候，一個穿和服的女人打開走廊的門扇而出現在閃爍的陽光裡。於是那「打倒日本帝國主義」的大叫改為「就打倒你！」她立刻就把身子抽回去了。那座紅樓完全停在寂靜中，只是樓頂上的太陽旗被風在折合著。走在石頭道街又碰到了一個日本女子，她背上背著一個小孩，腰間束了一條小白圍裙，圍裙上還帶著花邊，手中提著一棵大白菜。我們又照樣做了，不說「打倒日本帝國主義」而說：「就打倒你！」因為她是走馬路的旁邊，我們就用手指著她而喊著。另一方面，我們又用自己光榮的情緒去體會她狼狽的樣子。第一天叫做「遊行」、「請願」，道裡和南崗去了兩部分市區。這市區有點像租界，住民多是外國人。

長官公署，教育廳都去過了，只是「官們」出來拍手擊掌地演了一篇說，結果還是：「回學校去上課罷！」

日本要完成吉敦路這件事情，究竟「官們」沒有提到。（一九二八年，日本帝國主義為加緊對東北的掠奪，與東三省反動當局勾結攫取修造吉五（吉林至五常）、長大（長春至大賚）、洮索（洮南至索倫）、延海（延吉至海林）、吉會（吉林至朝鮮會寧）等五條鐵路，引起了東三省廣大人民的抗議，掀起「反五路」鬥爭。）在黃昏裡，大隊分散在道尹公署的門前，在那個孤立著的灰色的建築物前面，裝置著一個大圓的類似噴水池的東西。有一些同學就坐在那邊沿上，一直坐到星子們在那建築物的頂上閃亮了，那個「道尹」究竟還沒有出來，只看見衛兵在臺階上，在我們的四圍掛著短槍來回地在戒備著。而我們則流著鼻涕，全身打著抖在等候著。到底出來了一個姨太太，那聲音我們一點也聽不見。男同學們跺著腳，並且叫著，在我聽來已經有點野蠻了：「不要她……去……去……只有官僚才要她……」

接著又換了個大太太（誰知道是什麼，反正是個老一點的），不甚胖，有點短。至於說些什麼，恐怕也只有她自己的圓肚子才能夠聽到。這還不算什麼慘事，我一回頭看見了有幾個女同學尿了褲子的（因為一整天沒有遇到廁所的緣故）。

第二天沒有男同學來攫，是自動出發的，在南崗下許公路的大空場子上開的臨時會議，這一天不是「遊行」，不是「請願」而要「示威」了。腳踏車隊在空場四周繞行著，學生聯合會的主席是個很大的腦袋的人，也沒有戴帽子，只戴了一架眼鏡。那天是個落著清雪的天氣，他的頭髮在雪花裡邊飛著。他說的話使我很佩服，因為我從來沒有曉得日本還與我們有這樣大的關係，他說日本若完成了吉敦路可以向東三省進兵，他又說又經過高麗又經過什麼……並且又聽說他進兵進得那樣快，也不是二十幾小時，就可以把多少大兵向我們的東三省開來，就可以滅我們的東三省。我覺得他真有學問，由於崇敬的關係，我覺得這學聯主席與我隔得好像大海那麼遠。

組織宣傳隊的時候，我站過去，我說我願意宣傳。別人都是被推舉的，而我是自告奮勇的。於是我就站在雪花裡開始讀著我已經得到的傳單。而後有人發給我一張小旗，過一會又有人來在我的手臂上用扣針給我別上條白布，那上面還卡著紅色的印章，究竟那紅印章是什麼字，我也沒有看出來。

大隊開到差不多是許公路的最終極，一轉彎一個橫街裡去，那就是濱江縣的管界。因為這界限內住的純粹是中國人，和上海的華界差不多。宣傳隊走在大隊的中間，我們前面的人已經站住了，並且那條橫街口站著不少的警察，學聯代表們在大隊的旁邊跑來跑去。昨天晚上他們就說：「衝！衝！」我想這回就真的到了衝的時候了吧？

學聯會的主席從我們的旁邊經過，他手裡提著一個銀白色的大喇叭筒，他的嘴接到喇叭筒的口上，發出來的聲音好像牛鳴似的：「諸位同學！我們是不是有血的動物？我們願不願意我們的老百姓給日本帝國主義做奴才……」而後他跳著，因為激動，他把喇叭筒像是在向著天空，「我們有決心沒有？我們怕不怕死？」

「不怕！」雖然我和別人一樣地嚷著不怕，但我對這新的一刻工夫就要來到的感覺好像一棵嫩芽似的握在我的手中。

那喇叭的聲音到隊尾去了，雖然已經遙遠了，但還是能夠震動我的心臟。我低下頭去看著我自己的被踏汙了的鞋尖，我看著我身旁的那條陰溝，我整理著我的帽子，我摸摸那帽頂的毛球。沒有束圍巾，也沒有穿外套。對於這個給我生了一種僥倖的心情！

「衝的時候，這樣輕便不是可以飛上去了嗎？」昨天計劃今天是要「衝」的，但不知為什麼，我總覺得我有點特別聰明。

大喇叭筒跑到前面去時，我就閃開了那冒著白色泡沫的陰溝，我知道「衝」的時候就到了。

我只感到我的心臟在受著擁擠，好像我的腳跟並沒有離開地面而自然它就會移動似的。我的耳邊鬧著許多種聲音，那聲音並不大，也不遠，也不響亮，可覺得沉重，帶來了壓力，好像皮球被穿了一個小洞嘶嘶地在透著氣似的，我對我自己毫沒有把握。

「有決心沒有？」

「有決心！」

「怕死不怕死？」

「不怕死。」

這還沒有反覆完，我們就退下來了。因為是聽到了槍聲，起初是一兩聲，而後是接連著。大隊已經完全潰亂下來，只一秒鐘，我們旁邊那陰溝裡，好像豬似的浮游著一些人。女同學被擁擠進去的最多，男同學在往岸上提著她們，被提的她們滿身帶著泡沫和氣味，她們那發瘋的樣子很可笑，用那掛著白沫和糟粕的戴著手套的手搔著頭髮，還有的像已經癲癇的人似的，她在人群中不停地跑著：那被她擦過的人們，他們的衣服上就印著各種不同的花印。

大隊又重新收拾起來，又發著號令，可是槍聲又響了，對於槍聲，人們像是看到了火花似的那麼熱烈。至於「打倒日本帝國主義」、「反對日本完成吉敦路」這事情的本身已經被人們忘記了，唯一所要打倒的就是濱江縣政府。到後來連縣政府也忘記了，只「打倒警察；打倒警察……」這一場鬥爭到後來我覺得比一開頭還有趣味。在那時，「日本帝國主義」，我相信我絕對沒有見過，但是警察我是見過的，於是我就嚷著：「打倒警察，打倒警察！」

我手中的傳單，我都順著風讓它們飄走了，只帶著一張小白旗和自己的喉嚨從那零散下來的人縫中穿過去。

那天受輕傷的共有二十幾個。我所看到的只是從他們的身上流下來的血還凝結在石頭道上。

滿街開起電燈的夜晚，我在馬車和貨車的輪聲裡追著我們本校回去的隊伍，但沒有趕上。我就拿著那捲起來的小旗走在行人道上，我的影子混雜著別人的影子一起出現在商店的玻璃窗上，我每走一步，我看到了玻璃窗裡我帽頂的毛球也在顫動一下。

男同學們偶爾從我的身邊經過，我聽到他們關於受傷的議論和救急車。

第二天的報紙上躺著那些受傷的同學們的照片，好像現在的報紙上躺的傷兵一樣。

以後，那條鐵路到底完成了。

四　只願蓬勃生活在此刻

牙粉醫病法

池田的袍子非常可笑，那麼厚，那麼圓，那麼胖，而後又穿了一件單的短外套，那外套是工作服的樣式，而且比袍子更寬。她說：「這多麼奇怪！」

我說：「這還不算奇怪，最奇怪的是你再穿了那件灰布的棉外套，街上的人看了不知要說你是做什麼的，看袍子像太太小姐，看外套像軍人。」因為那棉外套是她借來的，是軍用的衣服。她又穿了中國的長棉褲，又穿了中國的軟底鞋。因為她是日本人，穿了道地的中國衣裳，是有點可笑。

「那就說你是從前線上退下來的好啦！並且說受了點傷。現在還沒有完全好，所以穿了這樣寬的衣裳。」

她笑了：「是的，是……就說日本兵在這邊用刺刀刺了一個洞……」

她假裝用刺刀在手腕上刺了一個洞的樣子。

「刺了一個洞，又怎樣呢？」我問。

「刺了一個洞而後一吹，就把人吹胖啦。」她又說：「中國老百姓，一定相信。因為一切壞事，一切奇怪的事，日本人都做得出來。」

就像小孩子說的怪話一樣，她自己也笑，我也笑。她笑得連杯子都舉不起來的樣子。

我和她是在吃茶。

「你覺得奇怪嗎？這是沒有的事嗎？我的弟弟就被吹過……」

她一聽我這話，笑得用了手巾揩著眼睛：「怎麼！怎麼！」

「真的，真被吹過……」我這故事不能開展下去，她在不住地笑，笑得咳嗽起來。

「你聽我告訴你，那是在肚子上，可不是像你說的在手上……用一個一手指長，一分粗的玻璃管，這玻璃管就從肚臍下邊一寸的地方刺進去。玻璃管連著一條好幾尺長的膠皮管，膠皮管的另一頭有一個茶杯一般大的漏斗，從那個漏斗吹進一壺冷水去，後來死啦。」

「被吹死啦……」很不容易抑止的大笑，她又開始了。

其實是從漏斗把冷水灌進去的，因為肚子漸漸地大起來，看去好像是被氣吹起來的一樣。

我費了很大工夫給她解說：「我的弟弟患的是黑死病，並且全個縣城都在死亡的恐怖中。那是一種特別的治法，在醫學上這種灌水法並不存在。」我又告訴她，我寫《生死場》的時候把這段寫上，魯迅看了都莫名其妙，魯迅先生是研究過醫學的。他說：「在醫學上可沒有這樣治療法。」

既然這樣說，我就更奇怪了，魯迅先生研究過醫學是真的，我的弟弟被冷水灌死了也是真的。

我又告訴池田，說那醫生是天主教黨的醫生，是英國人。

「你覺得外國人可靠的，那不對，中國真是殖民地，他們跑到中國來試驗來啦，你想肚子灌冷水，那怎麼可以？帝國主義除了槍刀之外，他們還做老百姓所看不見的……他們把中國人就看成他們試驗室裡的動物一樣。三百個人通通用一樣方法治療，其中死了一百五，活了一百五，或是活了一百死了二百，也或者通通死掉啦！這個他們不管，他們把中國人看成動物一樣，在他們自己的國家裡，隨便試驗是不成的呀！」

我想，這也許吧！我的弟弟或者就是被試驗死的。她的話，相信是相信了，因為她不懂得醫學，所以我相信得並不十分確切。

「我告訴過你，我的父親是軍醫，他到滿洲去的時候，關於他在中國治病，寫了很多日記。上邊有德文，我在學德文時，我就拿他的日記看，上面寫著關於黑死病，到滿洲去試試看，用各種的藥，用各種的方法試試看。」

「你想！這不是真的嗎？還有啊！我父親的朋友，每天到我們家來打麻將，他說：到中國去治病很不費事，因為中國人有很多的他們還沒有吃過藥，所以吃一點藥無論什麼病都治，給他們一點牙粉吃，頭痛也好啦，肚子痛也好啦……」

這真是奇事，我從未聽說過，怎麼我們中國人是常常吃牙粉的嗎？

又從吃牙粉談到吃人肉，日本兵殺死老百姓或士兵，用火烤著吃了的故事，報紙上常常看見。這個我也相信。池田說：「日本兵吃女人的肉是可能，他們把中國女人破壞之後，用刺刀殺死，一看女人的肉很白，很漂亮，用刺刀切下一塊來，一定是幾個人開玩笑，用火烤著吃一吃，因為他們今天活著，明天活不活著他們不知道，將來什麼時候回家也不知道，是一種變態心理，老百姓大概是他們不吃，那很髒的，皮膚也是黑的……而且每天要殺死很多……」

關於日本兵吃人肉的故事，我也相信了。就像中國人相信外國醫生比中國醫生好一樣。

池田是生在帝國主義的家庭裡，所以她懂得他們比我們懂得的更多。我們一走出那個吃茶店，玻璃窗子前面坐著的兩個小孩，正在唱著：「殺掉鬼子們的頭……」其實鬼子真正厲害的地方他們還不知道呢！

回憶魯迅先生

魯迅先生的笑聲是明朗的，是從心裡的歡喜。若有人說了什麼可笑的話，魯迅先生笑得連菸捲都拿不住了，常常是笑得咳嗽起來。

魯迅先生走路很輕捷，尤其他人記得清楚的，是他剛抓起帽子來往頭上一扣，同時左腿就伸出去了，彷彿不顧一切地走去。

魯迅先生不大注意人的衣裳，他說：「誰穿什麼衣裳我看不見得……」

魯迅先生生的病，剛好了一點，他坐在躺椅上，抽著菸，那天我穿著新奇的大紅的上衣，很寬的袖子。

魯迅先生說：「這天氣悶熱起來，這就是梅雨天。」他把他裝在象牙菸嘴上的香菸，又用手裝得緊一點，往下又說了別的。

許先生忙著家務，跑來跑去，也沒有對我的衣裳加以鑑賞。

於是我說：「周先生，我的衣裳漂亮不漂亮？」

魯迅先生從上往下看了一眼：「不大漂亮。」

過了一會又接著說：「你的裙子配的顏色不對，並不是紅上衣不好看，各種顏色都是好看的，紅上衣要配紅裙子，不然就是黑裙子，咖啡色的就不行了；這兩種顏色放在一起很渾濁……你沒看到外國人在街上走的嗎？絕沒有下邊穿一件綠裙子，上邊穿一件紫上衣，也沒有穿一件紅裙子而後穿一件白上衣的……」

魯迅先生就在躺椅上看著我：「你這裙子是咖啡色的，還帶格子，顏色渾濁得很，所以把紅色衣裳也弄得不漂亮了。」

「……人瘦不要穿黑衣裳，人胖不要穿白衣裳；腳長的女人一定要穿黑鞋子，腳短就一定要穿白鞋子；方格子的衣裳胖人不能穿，但比橫格子的還好；橫格子的胖人穿上，就把胖子更往兩邊裂著，更橫寬了，胖子要穿豎條子的，豎的把人顯得長，橫的把人顯得寬……」

那天魯迅先生很有興致，把我一雙短統靴子也略略批評一下，說我的短靴是軍人穿的，因為靴子的前後都有一條線織的拉手，這拉手據魯迅先生說是放在褲子下邊的……我說：「周先生，為什麼那靴子我穿了多久了而不告訴我，怎麼現在才想起來呢？現在我不是不穿了嗎？我穿的這不是另外的鞋嗎？」

「你不穿我才說的，你穿的時候，我一說你該不穿了。」

那天下午要赴一個筵會去，我要許先生給我找一點布條或綢條束一束頭髮。許先生拿了來米色的綠色的還有桃紅色的。經我和許先生共同選定的是米色的。為著取美，把那桃紅色的，許先生舉起來放在我的頭髮上，並且許先生很開心地說著：「好看吧！多漂亮！」

我也非常得意，很規矩又頑皮地在等著魯迅先生往這邊看我們。

魯迅先生這一看，臉是嚴肅的，他的眼皮往下一放向著我們這邊看著：「不要那樣裝飾她……」

許先生有點窘了。

我也安靜下來。

魯迅先生在北平教書時，從不發脾氣，但常常好用這種眼光看人，許先生常跟我講。她在女師大讀書時，周先生在課堂上，一生氣就用眼睛往下一掠，看著他們，這種眼光是魯迅先生在記范愛農先生的文字曾自己述說過，而誰曾接觸過這種眼光的人就會感到一個時代的全智者的催逼。

我開始問：「周先生怎麼也曉得女人穿衣裳的這些事情呢？」

「看過書的，關於美學的。」

「什麼時候看的……」

「大概是在日本讀書的時候……」

「買的書嗎？」

「不一定是買的，也許是從什麼地方抓到就看的……」

「看了有趣味嗎？」

「隨便看看……」

「周先生看這書做什麼？」

「……」沒有回答，好像很難以答。

許先生在旁說：「周先生什麼書都看的。」

在魯迅先生家裡做客人，剛開始是從法租界來到虹口，搭電車也要差不多一個鐘頭的工夫，所以那時候來的次數比較少。記得有一次談到半夜了，一過十二點電車就沒有的，但那天不知講了些什麼，講到一個段落就看看旁邊小長桌上的圓鐘，十一點半了，十一點四十五分了，電車沒有了。

「反正已十二點，電車也沒有，那麼再坐一會。」許先生如此勸著。

魯迅先生好像聽了所講的什麼引起了幻想，安頓地舉著象牙菸嘴在沉思著。

一點鐘以後，送我（還有別的朋友）出來的是許先生，外邊下著的濛濛的小雨，弄堂裡燈光全然滅掉了，魯迅先生囑咐許先生一定讓坐小汽車回去，並且一定囑咐許先生付錢。

以後也住到北四川路來，就每夜飯後必到大陸新村來了，颳風的天，下雨的天，幾乎沒有間斷的時候。

魯迅先生很喜歡北方飯，還喜歡吃油炸的東西喜歡吃硬的東西，就是後來生病的時候，也不大吃牛奶。雞湯端到旁邊用調羹舀了一二下就算了事。

有一天約好我去包餃子吃，那還是住在法租界，所以帶了外國酸菜和用絞肉機絞成的牛肉，就和許先生站在客廳後邊的方桌邊包起來。海嬰公子圍著鬧得起勁，一會按成圓餅的麵拿去了，他說做了一隻船來，送在我們的眼前，我們不看他，轉身他又做了一隻小雞。許先生和我都不去看他，對他竭力避免加以讚美，若一讚美起來，怕他更做得起勁。

客廳後邊沒到黃昏就先黑了，背上感到些微微的寒涼，知道衣裳不夠了，但為著忙，沒有加衣裳去。等把餃子包完了看看那數目並不多，這才知道許先生我們談話談得太多，誤了工作。許先生怎樣離開家的，怎樣到天津讀書的，在女師大讀書時怎樣做了家庭教師。她去考家庭教師的那一段描寫，非常有趣，只取一名，可是考了好幾十名，她之能夠當選算是難的了。指望對於學費有點補助，冬天來了，北平又冷，那家離學校又遠，每月除了車子錢之外，若傷風感冒還得自己拿出買阿司匹林的錢來，每月薪水十元要從西城跑到東城……

餃子煮好，一上樓梯，就聽到樓上明朗的魯迅先生的笑聲衝下樓梯來，原來有幾個朋友在樓上也正談得熱鬧。那一天吃得是很好的。

以後我們又做過韭菜盒子，又做過荷葉餅，我一提議魯迅先生必然贊成，而我做得又不好，可是魯迅還是在桌上舉著筷子問許先生：「我再吃幾個嗎？」

因為魯迅先生胃不大好，每飯後必吃「脾自美」藥丸一二粒。

有一天下午魯迅先生正在校對著瞿秋白的《海上述林》，我一走進臥室去，從那圓轉椅上魯迅先生轉過來了，向著我，還微微站起了一點。

「好久不見，好久不見。」一邊說著一邊向我點頭。

剛剛我不是來過了嗎？怎麼會好久不見？就是上午我來的那次周先生忘記了，可是我也每天來呀……怎麼都忘記了嗎？

周先生轉身坐在躺椅上才自己笑起來，他是在開著玩笑。

梅雨季，很少有晴天，一天的上午剛一放晴，我高興極了，就到魯迅先生家去了，跑得上樓還喘著。魯迅先生說：「來啦！」我說：「來啦！」我喘著連茶也喝不下。

魯迅先生就問我：「有什麼事嗎？」

我說：「天晴啦，太陽出來啦。」

許先生和魯迅先生都笑著，一種對於衝破憂鬱心境的嶄然的會心的笑。

海嬰一看到我，非拉我到院子裡和他一道玩不可，拉我的頭髮或拉我的衣裳。為什麼他不拉別人呢？據周先生說：「他看你梳著辮子，和他差不多，別人在他眼裡都是大人，就看你小。」

許先生問著海嬰：「你為什麼喜歡她呢？不喜歡別人？」

「她有小辮子。」說著就來拉我的頭髮。

魯迅先生家生客人很少，幾乎沒有，尤其是住在他家裡的人更沒有。一個禮拜六的晚上，在二樓上魯迅先生的臥室裡擺好了晚飯，圍著桌子坐滿了人。每逢禮拜六晚上都是這樣的，周建人先生帶著全家來拜訪的。在桌子邊坐著一個很瘦的很高的穿著中國小背心的人，魯迅先生介紹說：「這是位同鄉，是商人。」

初看似乎對的，穿著中國褲子，頭髮剃得很短。當吃飯時，他還讓別人酒，也給我倒一盅，態度很活潑，不大像個商人；等吃完了飯，又談到《偽自由書》及《二心集》。

這個商人，開明得很，在中國不常見。沒有見過的就總不大放心。

下一次是在樓下客廳後的方桌上吃晚飯，那天很晴，一陣陣地颳著熱風，雖然黃昏了，客廳後還不昏黑。魯迅先生是新剪的頭髮，還能記得桌上有一盤黃花魚，大概是順著魯迅先生的口味，是用油煎的。魯迅先生前面擺著一碗酒，酒碗是扁扁的，好像用作吃飯的飯碗。

那位商人先生也能喝酒，酒瓶就站在他的旁邊。他說蒙古人什麼樣，苗人什麼樣，從西藏經過時，那西藏女人見了男人追她，她就如何如何。

這商人可真怪，怎麼專門走地方，而不做買賣？並且魯迅先生的書他也全讀過，一開口這個，一開口那個。並且海嬰叫他×先生，我一聽那×字就明白他是誰了。×先生常常回來得很遲，從魯迅先生家裡出來，在弄堂裡遇到了幾次。

有一天晚上×先生從三樓下來，手裡提著小箱子，身上穿著長袍子，站在魯迅先生的面前，他說他要搬了。他告了辭，許先生送他下樓去了。這時候周先生在地板上繞了兩個圈子，問我說：「你看他到底是商人嗎？」

「是的。」我說。

魯迅先生很有意思地在地板上走幾步，而後向我說：「他是販賣私貨的商人，是販賣精神上的……」

×先生走過二萬五千里回來的。

青年人寫信，寫得太草率，魯迅先生是深惡痛絕之的。

「字不一定要寫得好，但必須得使人一看了就認識，年輕人現在都太忙了……他自己趕快胡亂寫完了事，別人看了三遍五遍看不明白，這費了多少工夫，他不管。反正這費了工夫不是他的。這存心是不太好的。」

但他還是展讀著每封由不同角落裡投來的青年的信，眼睛不濟時，便戴起眼鏡來看，常常看到夜裡很深的時光。

魯迅先生坐在××電影院樓上的第一排，那片名忘記了，新聞片是蘇聯紀念「五一」節的紅場。

「這個我怕看不到的……你們將來可以看得到。」魯迅先生向我們周圍的人說。

珂勒惠支的畫，魯迅先生最佩服，同時也很佩服她的做人。珂勒惠支受希特拉的壓迫，不準她做教授，不准她畫畫，魯迅先生常講到她。

史沫特萊，魯迅先生也講到，她是美國女子，幫助印度獨立運動，現在又在援助中國。

魯迅先生介紹人去看的電影：《夏伯陽》、《復仇豔遇》……其餘的如《人猿泰山》，或者非洲的怪獸這一類的影片，也常介紹給人的。魯迅先生說：「電影沒有什麼好的，看看鳥獸之類倒可以增加些對於動物的知識。」

魯迅先生不遊公園，住在上海十年，兆豐公園沒有進過。虹口公園這麼近也沒有進過。春天一到了，我常告訴周先生，我說公園裡的土鬆軟了，公園裡的風多麼柔和。周先生答應選個晴好的天氣，選個禮拜日，海嬰休假日，好一道去，坐一乘小汽車一直開到兆豐公園，也算是短途旅行。但這只是想著而未有做到，並且把公園給下了定義。魯迅先生說：「公園的樣子我知道的……一進門分做兩條路，一條通左邊，一條通右邊，沿著路種著點柳樹什麼樹的，樹下擺著幾張長椅子，再遠一點有個水池子。」

我是去過兆豐公園的，也去過虹口公園或是法國公園的，彷彿這個定義適用在任何國度的公園設計者。

魯迅先生不戴手套，不圍圍巾，冬天穿著黑土藍的棉布袍子，頭上戴著灰色氈帽，腳穿黑帆布膠皮底鞋。

膠皮底鞋夏天特別熱，冬天又涼又溼，魯迅先生的身體不算好，大家都提議把這鞋子換掉。魯迅先生不肯，他說膠皮底鞋子走路方便。

「周先生一天走多少路呢？也不就一轉彎到 ××× 書店走一趟嗎？」

魯迅先生笑而不答。

「周先生不是很好傷風嗎？不圍巾子，風一吹不就傷風了嗎？」

魯迅先生這些個都不習慣，他說：「從小就沒戴過手套圍巾，戴不慣。」

魯迅先生一推開門從家裡出來時，兩隻手露在外邊，很寬的袖口衝著風就向前走，腋下夾著個黑綢子印花的包袱，裡邊包著書或者是信，到老靶子路書店去了。

那包袱每天出去必帶出去，回來必帶回來。出去時帶著給青年們的信，回來又從書店帶來新的信和青年請魯迅先生看的稿子。

魯迅先生抱著印花包袱從外邊回來，還提著一把傘，一進門客廳早坐著客人，把傘掛在衣架上就陪客人談起話來。談了很久了，傘上的水滴順著傘桿在地板上已經聚了一堆水。

魯迅先生上樓去拿香菸，抱著印花包袱，而那把傘也沒有忘記，順手也帶到樓上去。

魯迅先生的記憶力非常之強，他的東西從不隨便散置在任何地方。魯迅先生很喜歡北方口味。許先生想請一個北方廚子，魯迅先生以為開銷太大，請不得的，男傭人，至少要十五元錢的工錢。

所以買米買炭都是許先生下手。我問許先生為什麼用兩個女傭人都是年老的，都是六七十歲的？許先生說她們做慣了，海嬰的保母，海嬰幾個月時就在這裡。

正說著那矮胖胖的保母走下樓梯來了，和我們打了個迎面。

「先生，沒吃茶嗎？」她趕快拿了杯子去倒茶，那剛剛下樓時氣喘的聲音還在喉管裡咕嚕咕嚕的，她確實年老了。

來了客人，許先生沒有不下廚房的，菜食很豐富，魚、肉……都是用大碗裝著，起碼四五碗，多則七八碗。可是平常就只三碗菜：一碗素炒豌豆苗，一碗筍炒鹹菜，再一碗黃花魚。

這菜簡單到極點。

魯迅先生的原稿，在拉都路一家炸油條的那裡用著包油條，我得到了一張，是譯《死魂靈》的原稿，寫信告訴了魯迅先生。魯迅先生不以為稀奇，許先生倒很生氣。

魯迅先生出書的校樣，都用來揩桌，或做什麼的。請客人在家裡吃飯，吃到半道，魯迅先生轉身去拿來校樣給大家分著。客人接到手裡一看，這怎麼可以？魯迅先生說：「擦一擦，拿著雞吃，手是膩的。」

到洗澡間去，那邊也擺著校樣紙。

許先生從早晨忙到晚上，在樓下陪客人，一邊還手裡打著毛線。不然就是一邊談著話一邊站起來用手摘掉花盆裡花上已乾枯了的葉子。許先生每送一個客人，都要送到樓下門口，替客人把門開開，客人走出去而後輕輕地關了門再上樓來。

來了客人還到街上去買魚或買雞，買回來還要到廚房裡去工作。

魯迅先生臨時要寄一封信，就得許先生換起皮鞋子來到郵局或者大陸新村旁邊信筒那裡去。落著雨天，許先生就打起傘來。

許先生是忙的，許先生的笑是愉快的，但是頭髮有一些是白了的。

夜裡去看電影，施高塔路的汽車房只有一輛車，魯迅先生一定不坐，一定讓我們坐。許先生、周建人夫人、海嬰，周建人先生的三位女公子。我們上車了。

魯迅先生和周建人先生，還有別的一二位朋友在後邊。

看完了電影出來，又只叫到一部汽車，魯迅先生又一定不肯坐，讓周建人先生的全家坐著先走了。

魯迅先生旁邊走著海嬰，過了蘇州河的大橋去等電車去了。等了二三十分鐘電車還沒有來，魯迅先生依著沿蘇州河的鐵欄杆坐在橋邊的石圍上了，並且拿出香菸來，裝上菸嘴，悠然地吸著菸。

海嬰不安地來回地亂跑，魯迅先生還招呼他和自己並排坐下。

魯迅先生坐在那和一個鄉下的安靜老人一樣。

魯迅先生吃的是清茶，其餘不吃別的飲料。咖啡、可可、牛奶、汽水之類，家裡都不預備。

魯迅先生陪客人到深夜，必同客人一道吃些點心。那餅乾就是從鋪子裡買來的，裝在餅乾盒子裡，到夜深許先生拿著碟子取出來，擺在魯迅先生的書桌上。吃完了，許先生打開立櫃再取一碟。還有向日葵子差不多每來客人必不可少。魯迅先生一邊抽著菸，一邊剝著瓜子吃，吃完了一碟魯迅先生必請許先生再拿一碟來。

魯迅先生備有兩種紙菸，一種價錢貴的，一種便宜的。便宜的是綠聽子的，我不認識那是什麼牌子，只記得菸頭上帶著黃紙的嘴，每五十支的價錢大概是四角到五角，是魯迅先生自己平日用的。另一種是白聽子的，是前門菸，用來招待客人的，白聽菸放在魯迅先生書桌的抽屜裡。來客人魯迅先生下樓，把它帶到樓下去，客人走了，又帶回樓上來照樣放在抽屜裡。而綠聽子的永遠放在書桌上，是魯迅先生隨時吸著的。

魯迅先生的休息，不聽留聲機，不出去散步，也不倒在床上睡覺，魯迅先生自己說：「坐在椅子上翻一翻書就是休息了。」

魯迅先生從下午二三點鐘起就陪客人，陪到五點鐘，陪到六點鐘，客人若在家吃飯，吃完飯又必要在一起喝茶，或者剛剛吃完茶走了，或者還沒走又來了客人，於是又陪下去，陪到八點鐘，十點鐘，常常陪到十二點鐘。從下午三點鐘起，陪到夜裡十二點，這麼長的時間，魯迅先生都是坐在藤躺椅上，不斷地吸著菸。

客人一走，已經是下半夜了，本來已經是睡覺的時候了，可是魯迅先生正要開始工作。

在工作之前，他稍微闔一闔眼睛，燃起一支菸來，躺在床邊上，這一支菸還沒有吸完，許先生差不多就在床裡邊睡著了。（許先生為什麼睡得這樣快？因為第二天早晨六七點鐘就要來管理家務。）海嬰這時在三樓和保母一道睡著了。

全樓都寂靜下去，窗外也一點聲音沒有了，魯迅先生站起來，坐到書桌邊，在那綠色的檯燈下開始寫文章了。許先生說雞鳴的時候，魯迅先生還是坐著，街上的汽車嘟嘟地叫起來了，魯迅先生還是坐著。

有時許先生醒了，看著玻璃窗白薩薩的了，燈光也不顯得怎麼亮了，魯迅先生的背影不像夜裡那樣高大。

魯迅先生的背影是灰黑色的，仍舊坐在那裡。

人家都起來了，魯迅先生才睡下。

海嬰從三樓下來了，背著書包，保母送他到學校去，經過魯迅先生的門前，保母總是吩咐他說：「輕一點走，輕一點走。」

魯迅先生剛一睡下，太陽就高起來了，太陽照著隔院子的人家，明亮亮的，照著魯迅先生花園的夾竹桃，明亮亮的。

魯迅先生的書桌整整齊齊的，寫好的文章壓在書下邊，毛筆在燒瓷的小龜背上站著。

一雙拖鞋停在床下，魯迅先生在枕頭上邊睡著了。

魯迅先生喜歡吃一點酒，但是不多吃，吃半小碗或一碗。

魯迅先生吃的是中國酒，多半是花雕。

老靶子路有一家小吃茶店，只有門面一間，在門面裡邊設座，座少，安靜，光線不充足，有些冷落。魯迅先生常到這裡吃茶店來，有約會多半是在這裡邊，老闆是猶太也許是白俄，胖胖的，中國話大概他聽不懂。

魯迅先生這一位老人，穿著布袍子，有時到這裡來，泡一壺紅茶，和青年人坐在一道談了一兩個鐘頭。

有一天魯迅先生的背後那茶座裡邊坐著一位摩登女子，身穿紫裙子黃衣裳，頭戴花帽子……那女子臨走時，魯迅先生一看她，用眼瞪著她，很生氣地看了她半天。而後說：「是做什麼的呢？」

魯迅先生對於穿著紫裙子黃衣裳，花帽子的人就是這樣看法的。

鬼到底是有的沒有的？傳說上有人見過，還跟鬼說過話，還有人被鬼在後邊追趕過，吊死鬼一見了人就貼在牆上。但沒有一個人捉住一個鬼給大家看看。

魯迅先生講了他看見過鬼的故事給大家聽：「是在紹興……」魯迅先生說：「三十年前……」

那時魯迅先生從日本讀書回來，在一個師範學堂裡也不知是什麼學堂裡教書，晚上沒有事時，魯迅先生總是到朋友家去談天。這朋友住的離學堂幾里路，幾里路不算遠，但必得經過一片墳地。談天有的時候就談得晚了，十一二點鐘才回學堂的事也常有，有一天魯迅先生就回去得很晚，天空有很大的月亮。

魯迅先生向著歸路走得很起勁時，往遠處一看，遠遠有一個白影。

魯迅先生不相信鬼的，在日本留學時是學的醫，常常把死人抬來解剖的，魯迅先生解剖過二十幾個，不但不怕鬼，對死人也不怕，所以對墳地也就根本不怕。仍舊是向前走的。

走了不幾步，那遠處的白影沒有了，再看突然又有了。並且時小時大，時高時低，正和鬼一樣。鬼不就是變幻無常的嗎？

魯迅先生有點躊躇了，到底向前走呢？還是回過頭來走？

本來回學堂不止這一條路，這不過是最近的一條就是了。

魯迅先生仍是向前走，到底要看一看鬼是什麼樣，雖然那時候也怕了。

魯迅先生那時從日本回來不久，所以還穿著硬底皮鞋。魯迅先生決心要給那鬼一個致命的打擊，等走到那白影旁邊時，那白影縮小了，蹲下了，一聲不響地靠住了一個墳堆。

魯迅先生就用了他的硬皮鞋踢了出去。

那白影「噢」的一聲叫起來，隨著就站起來，魯迅先生定眼看去，他卻是個人。

魯迅先生說在他踢的時候，他是很害怕的，好像若一下不把那東西踢死，自己反而會遭殃的，所以用了全力踢出去。

原來是個盜墓子的人在墳場上半夜做著工作。

魯迅先生說到這裡就笑了起來。

「鬼也是怕踢的，踢他一腳就立刻變成人了。」

我想，倘若是鬼常常讓魯迅先生踢踢倒是好的，因為給了他一個做人的機會。

從福建菜館叫的菜，有一碗魚做的丸子。

海嬰一吃就說不新鮮，許先生不信，別的人也都不信。因為那丸子有的新鮮，有的不新鮮，別人吃到嘴裡的恰好都是沒有改味的。

許先生又給海嬰一個，海嬰一吃，又不是好的，他又嚷嚷著。別人都不注意，魯迅先生把海嬰碟裡的拿來嘗嘗，果然不是新鮮的。魯迅先生說：「他說不新鮮，一定也有他的道理，不加以查看就抹殺是不對的。」

以後我想起這件事來，私下和許先生談過，許先生說：「周先生的做人，真是我們學不了的。哪怕一點點小事。」

魯迅先生包一個紙包也要包得整整齊齊，常常把要寄出的書，魯迅先生從許先生手裡拿過來自己包，許先生本來包得多麼好，而魯迅先生還要親自動手。

魯迅先生把書包好了，用細繩捆上，那包方方正正的，連一個角也不准歪一點或扁一點，而後拿著剪刀，把捆書的那繩頭都剪得整整齊齊。

就是包這書的紙都不是新的，都是從街上買東西回來留下來的。許先生上街回來把買來的東西一打開隨手就把包東西的牛皮紙折起來，隨手把小細繩捲了一個卷。若小細繩上有一個疙瘩，也要隨手把它解開的。準備著隨時用隨時方便。

魯迅先生住的是大陸新村九號。

一進弄堂口，滿地鋪著大方塊的水門汀，院子裡不怎樣嘈雜，從這院子出入的有時候是外國人，也能夠看到外國小孩在院子裡零星地玩著。

魯迅先生隔壁掛著一塊大的牌子，上面寫著一個「茶」字。

在一九三五年十月一日。

魯迅先生的客廳裡擺著長桌，長桌是黑色的，油漆不十分新鮮，但也並不破舊，桌上沒有鋪什麼桌布，只在長桌的當心擺著一個綠豆青色的花瓶，花瓶裡長著幾株大葉子的萬年青。圍著長桌有七八張木椅子。尤其是在夜裡，全弄堂一點什麼聲音也聽不到。

那夜，就和魯迅先生和許先生一道坐在長桌旁邊喝茶的。當夜談了許多關於偽滿洲國的事情從飯後談起，一直談到九點鐘十點鐘而後到十一點鐘。時時想退出來，讓魯迅先生好早點休息，因為我看出來魯迅先生身體不大好，又加上聽許先生說過，魯迅先生傷風了一個多月，剛好了的。

但魯迅先生並沒有疲倦的樣子。雖然客廳裡也擺著一張可以臥倒的籐椅，我們勸他幾次想讓他坐在籐椅上休息一下，但是他沒有去，仍舊坐在椅子上。並且還上樓一次，去加穿了一件皮袍子。

那夜魯迅先生到底講了些什麼，現在記不起來了。也許想起來的不是那夜講的而是以後講的也說不定。過了十一點，天就落雨了，雨點淅瀝淅瀝地打在玻璃窗上，窗子沒有窗簾，所以偶一回頭，就看到玻璃窗上有小水流往下流。夜已深了，並且落了雨，心裡十分著急，幾次站起來想要走，但是魯迅先生和許先生一再說再坐一下：「十二點以前終歸有車子可搭的。」所以一直坐到將近十二點，才穿起雨衣來，打開客廳外邊的響著的鐵門，魯迅先生非要送到鐵門外不可。我想為什麼他一定要送呢？對於這樣年輕的客人，這樣的送是應該的嗎？雨不會打溼了頭髮，受了寒傷風不又要繼續下去嗎？站在鐵門外邊，魯迅先生說，並且指著隔壁那家寫著「茶」字的大牌子：「下次來記住這個『茶』字，就是這個『茶』的隔壁。」而且伸出手去，幾乎是觸到了釘在鎖門旁邊的那個九號的「九」字，「下次來記住茶的旁邊九號。」

於是腳踏著方塊的水門汀，走出弄堂來，回過身去往院子裡邊看了一看，魯迅先生那一排房子通通是黑洞洞的，若不是告訴的那樣清楚，下次來恐怕要記不住的。

魯迅先生的臥室，一張鐵架大床，床頂上遮著許先生親手做的白布刺花的圍子，順著床的一邊折著兩床被子，都是很厚的，是花洋布的被面。挨著門口的床頭的方面站著抽屜櫃。一進門的左手擺著八仙桌，桌子的兩旁籐椅各一，立櫃站在和方桌一排的牆角，立櫃本是掛衣服的，衣裳卻很少，都讓糖盒子、餅乾桶子、瓜子罐給塞滿了。有一次××老闆的太太來拿版權的圖章花，魯迅先生就從立櫃下邊大抽屜裡取出的。沿著牆角往窗子那邊走，有一張裝飾臺，桌子上有一個方形的滿浮著綠草的玻璃養魚池，裡邊游著的不是金魚而是灰色的扁肚子的小魚。除了魚池之外另有一隻圓的錶，其餘那上邊滿裝著書。鐵床架靠窗子的那頭的書櫃裡書櫃外都是書。最後是魯迅先生的寫字臺，那上邊也都是書。

魯迅先生家裡，從樓上到樓下，沒有一個沙發。魯迅先生工作時坐的椅子是硬的，到樓下陪客人時坐的椅子又是硬的。

魯迅先生的寫字臺面向著窗子，上海弄堂房子的窗子差不多滿一面牆那麼大，魯迅先生把它關起來，因為魯迅先生工作起來有一個習慣，怕吹風，風一吹，紙就動，時時防備著紙跑，文章就寫不好。所以屋子裡熱得和蒸籠似的，請魯迅先生到樓下去，他又不肯，魯迅先生的習慣是不換地方。有時太陽照進來，許先生勸他把書桌移開一點都不肯。只有滿身流汗。

魯迅先生的寫字桌，鋪了張藍格子的油漆布。四角都用圖釘按著。桌子上有小硯臺一方，墨一塊，毛筆站在筆架上。筆架是燒瓷的，在我看來不很細緻，是一個龜，龜背上帶著好幾個洞，筆就插在那洞裡。魯迅先生多半是用毛筆的，鋼筆也不是沒有，是放在抽屜裡。桌上有一個方大的白瓷的菸灰盒，還有一個茶杯，杯子上戴著蓋。

魯迅先生的習慣與別人不同，寫文章用的材料和來信都壓在桌子上，把桌子都壓得滿滿的，幾乎只有寫字的地方可以伸開手，其餘桌子的一半被書或紙張占有著。

左手邊的桌角上有一個帶綠燈罩的檯燈，那燈泡是橫著裝的，在上海那是極普通的檯燈。

冬天在樓上吃飯，魯迅先生自己拉著電線把檯燈的機關從棚頂的燈頭上拔下，而後裝上燈泡子。等飯吃過，許先生再把電線裝起來，魯迅先生的檯燈就是這樣做成的，拖著一根長長的電線在棚頂上。

魯迅先生的文章，多半是在這檯燈下寫。因為魯迅先生的工作時間，多半是下半夜一兩點起，天將明了休息。

臥室就是如此，牆上掛著海嬰公子一個月嬰孩的油畫像。

挨著臥室的後樓裡邊，完全是書了，不十分整齊，報紙和雜誌或洋裝的書，都混在這間屋子裡，一走進去多少還有些紙張氣味。地板被書遮蓋得太小了，幾乎沒有了，大網籃也堆在書中。牆上拉著一條繩子或者是鐵絲，就在那上邊繫了小提盒、鐵絲籠之類。

風乾荸薺就盛在鐵絲籠，扯著的那鐵絲幾乎被壓斷了在彎彎著。一推開藏書室的窗子，窗子外邊還掛著一筐風乾荸薺。

「吃吧，多得很，風乾的，特別甜。」許先生說。

樓下廚房傳來了煎菜的鍋鏟的響聲，並且兩個年老的娘姨慢重重地在講一些什麼。

廚房是家庭最熱鬧的一部分。整個三層樓都是靜靜的，喊娘姨的聲音沒有，在樓梯上跑來跑去的聲音沒有。魯迅先生家裡五六間房子只住著五個人，三位是先生的全家，餘下的二位是年老的女傭人。

來了客人都是許先生親自倒茶，即或是麻煩到娘姨時，也是許先生下樓去吩咐，絕沒有站到樓梯口就大聲呼喚的時候。

所以整個房子都在靜悄悄之中。

只有廚房比較熱鬧了一點，自來水嘩嘩地流著，洋瓷盆在水門汀的水池子上每拖一下磨著嚓嚓地響，洗米的聲音也是嚓嚓的。魯迅先生很喜歡吃竹筍的，在菜板上切著筍片筍絲時，刀刃每劃下去都是很響的。其實比起別人家的廚房來卻冷清極了，所以洗米聲和切筍聲都分開來聽得樣樣清清晰晰。

客廳的一邊擺著並排的兩個書架，書架是帶玻璃櫥的，裡邊有朵斯托益夫斯基的全集和別的外國作家的全集，大半都是日文譯本。地板上沒有地毯，但擦得非常乾淨。

海嬰公子的玩具櫥也站在客廳裡，裡邊是些毛猴子、橡皮人、火車汽車之類，裡邊裝的滿滿的，別人是數不清的，只有海嬰自己伸手到裡邊找些什麼就有什麼。過新年時在街上買的兔子燈，紙毛上已經落了灰塵了，仍擺在玩具櫥頂上。

客廳只有一個燈頭，大概五十燭光。客廳的後門對著上樓的樓梯，前門一打開有一個方丈大小的花園，花園裡沒有什麼花看，只有一株很高的七八尺高的小樹，大概那樹是柳桃，一到了春天，喜歡生長蚜蟲，忙得許先生拿著噴蚊蟲的機器，一邊陪著談話，一邊噴著殺蟲藥水。沿著牆根，種了一排玉米，許先生說：「這玉米長不大的，這土是沒有養料的，海嬰一定要種。」

春天，海嬰在花園裡掘著泥沙，培植著各種玩藝。

三樓則特別靜了，向著太陽開著兩扇玻璃門，門外有一個水門汀的突出的小廊子，春天很溫暖地撫摸著門口長垂著的簾子，有時簾子被風打得很高，飄揚的飽滿的和大魚泡似的。那時候隔院的綠樹照進玻璃門扇裡邊來了。

海嬰坐在地板上裝著小工程師在修著一座樓房，他那樓房是用椅子橫倒了架起來修的，而後遮起一張被單來算作屋瓦，全個房子在他自己拍著手的讚譽聲中完成了。

這間屋感到些空曠和寂寞，既不像女工住的屋子，又不像兒童室。海嬰的眠床靠著屋子的一邊放著，那大圓頂帳子日裡也不打起來，長拖拖地好像從柵頂一直拖到地板上，那床是非常講究的，屬於刻花的木器一類的。許先生講過，租這房子時，從前一個房客轉留下來的。海嬰和他的保母，就睡在五六尺寬的大床上。

冬天燒過的火爐，三月裡還冷冰冰地在地板上站著。

海嬰不大在三樓上玩的，除了到學校去，就是在院裡踏腳踏車，他非常歡喜跑跳，所以廚房、客廳、二樓，他是無處不跑的。

三樓整天在高處空著，三樓的後樓住著另一個老女工，一天很少上樓來，所以樓梯擦過之後，一天到晚乾淨得溜明。

一九三六年三月裡魯迅先生病了，靠在二樓的躺椅上，心臟跳動得比平日厲害，臉色微灰了一點。

許先生正相反的，臉色是紅的，眼睛顯得大了，講話的聲音是平靜的，態度並沒有比平日慌張。在樓下一走進客廳來許先生就告訴說：「周先生病了，氣喘……喘得厲害，在樓上靠在躺椅上。」

魯迅先生呼喘的聲音，不用走到他的旁邊，一進了臥室就聽得到的。鼻子和鬍鬚在扇著，胸部一起一落。眼睛閉著，差不多永久不離開手的紙菸，也放棄了。籐椅後邊靠著枕頭，魯迅先生的頭有些向後，兩隻手空閒地垂著。眉頭仍和平日一樣沒有聚皺，臉上是平靜的、舒展的，似乎並沒有任何痛苦加在身上。

「來了吧？」魯迅先生睜一睜眼睛，「不小心，著了涼呼吸困難……到藏書的房子去翻一翻書……那房子因為沒有人住，特別涼……回來就……」

許先生看周先生說話吃力，趕緊接著說周先生是怎樣氣喘的。

醫生看過了，吃了藥，但喘並未停。下午醫生又來過，剛剛走。

臥室在黃昏裡邊一點一點地暗下去，外邊起了一點小風，隔院的樹被風搖著發響。別人家的窗子有的被風打著發出自動關開的響聲，家家的流水道都是嘩啦嘩啦的響著水聲，一定是晚餐之後洗著杯盤的剩水。晚餐後該散步的散步去了，該會朋友的會友去了，弄堂裡來去的稀疏不斷地走著人，而娘姨們還沒有解掉圍裙呢，就依著後門彼此搭訕起來。小孩子們三五一夥前門後門地跑著，弄堂外汽車穿來穿去。

魯迅先生坐在躺椅上，沉靜地，不動地闔著眼睛，略微灰了的臉色被爐裡的火染紅了一點。紙菸聽子蹲在書桌上，蓋著蓋子，茶杯也蹲在桌子上。

許先生輕輕地在樓梯上走著，許先生一到樓下去，二樓就只剩了魯迅先生一個人坐在椅子上，呼喘把魯迅先生的胸部有規律性地抬得高高的。

「魯迅先生必得休息的。」須藤醫生這樣說的。可是魯迅先生從此不但沒有休息，並且腦子裡所想的更多了，要做的事情都像非立刻就做不可，校《海上述林》的校樣，印珂勒惠支的畫，翻譯《死魂靈》下部，剛好了，這些就都一起開始了，還計算著出三十年集（即《魯迅全集》）。

魯迅先生感到自己的身體不好，就更沒有時間注意身體，所以要多做，趕快做。當時大家不解其中的意思，都以為魯迅先生不加以休息不以為然，後來讀了魯迅先生〈死〉的那篇文章才了然了。

魯迅先生知道自己的健康不成了，工作的時間沒有幾年了，死了是不要緊的，只要留給人類更多，魯迅先生就是這樣。

不久書桌上德文字典和日文字典都擺起來了，果戈理的《死魂靈》，又開始翻譯了。

魯迅先生的身體不大好，容易傷風，傷風之後，照常要陪客人、回信、校稿子。所以傷風之後總要拖下去一個月或半個月的。

瞿秋白的《海上述林》校樣，一九三五年冬，一九三六年的春天，魯迅先生不斷地校著，幾十萬字的校樣，要看三遍，而印刷所送校樣來總是十頁八頁的，並不是通通一道地送來，所以魯迅先生不斷地被這校樣催索著，魯迅先生竟說：「看吧，一邊陪著你們談話，一邊看校樣，眼睛可以看，耳朵可以聽⋯⋯」

有時客人來了，一邊說著笑話，魯迅先生一邊放下了筆。

有的時候也說：「幾個字了⋯⋯請坐一坐⋯⋯」

一九三五年冬天許先生說：「周先生的身體是不如從前了。」

有一次魯迅先生到飯館裡去請客，來的時候興致很好，還記得那次吃了一隻烤鴨子，整個的鴨子用大鋼叉子叉上來時，大家看這鴨子烤得又油又亮的，魯迅先生也笑了。

菜剛上滿了，魯迅先生就到躺椅上吸一支菸，並且闔一闔眼睛。一吃完了飯，有的喝了酒的，大家都鬧亂了起來，彼此搶著蘋果，彼此諷刺著玩，說著一些人可笑的話。

而魯迅先生這時候，坐在躺椅上，闔著眼睛，很莊嚴地在沉默著，讓拿在手上紙菸的煙絲，裊裊地上升著。

別人以為魯迅先生也是喝多了酒吧！

許先生說，並不的。

「周先生的身體是不如從前了，吃過了飯總要閉一閉眼睛稍微休息一下，從前一向沒有這習慣。」

周先生從椅子上站起來了，大概說他喝多了酒的話讓他聽到了。

「我不多喝酒的。小的時候，母親常提到父親喝了酒，脾氣怎樣壞，母親說，長大了不要喝酒，不要像父親那樣子……所以我不多喝的……從來沒喝醉過……」

魯迅先生休息好了，換了一支菸，站起來也去拿蘋果吃，可是蘋果沒有了。魯迅先生說：「我爭不過你們了，蘋果讓你們搶沒了。」

有人搶到手的還在保存著的蘋果，奉獻出來，魯迅先生沒有吃，只在吸菸。

一九三六年春，魯迅先生的身體不大好，但沒有什麼病，吃過了夜飯，坐在躺椅上，總要閉一閉眼睛沉靜一會。

許先生對我說，周先生在北平時，有時開著玩笑，手按著桌子一躍就能夠躍過去，而近年來沒有這麼做過。大概沒有以前那麼靈便了。

這話許先生和我是私下講的，魯迅先生沒有聽見，仍靠在躺椅上沉默著呢。

許先生開了火爐門，裝著煤炭嘩嘩地響，把魯迅先生震醒了。一講起話來魯迅先生的精神又照常一樣。

魯迅先生睡在二樓的床上已經一個多月了，氣喘雖然停止。但每天發熱，尤其是在下午熱度總在三十八度三十九度之間，有時也到三十九度多，那時魯迅先生的臉是微紅的，目力是疲弱的，不吃東西，不大多睡，沒有一些呻吟，似乎全身都沒有什麼痛楚的地方。躺在床上的時候張開眼睛看著，有的時候似睡非睡的安靜地躺著，茶吃得很少。

差不多一刻也不停地吸菸，而今幾乎完全放棄了，紙菸聽子不放在床邊，而仍很遠地蹲在書桌上，若想吸一支，是請許先生付給的。

許先生從魯迅先生病起，更過度地忙了。按著時間給魯迅先生吃藥，按著時間給魯迅先生試溫度表，試過了之後還要把一張醫生發給的表格填好，那表格是一張硬紙，上面畫了無數根線，許先生就在這張紙上拿著米度尺畫著度數，那表畫得和尖尖的小山丘似的，又像尖尖的水晶石，高的低的一排連地站著。許先生雖每天畫，但那像是一條接連不斷的線，不過從低處到高處，從高處到低處，這高峰越高越不好，也就是魯迅先生的熱度越高了。

來看魯迅先生的人，多半都不到樓上來了，為的請魯迅先生好好地靜養，所以把客人這些事也推到許先生身上來了。還有書、報、信，都要許先生看過，必要的就告訴魯迅先生，不十分必要的，就先把它放在一處放一放，等魯迅先生好些了再取出來交給他。

然而這家庭裡邊還有許多瑣事，比方年老的娘姨病了，要請兩天假；海嬰的牙齒脫掉一個要到牙醫那裡去看過，但是帶他去的人沒有，又得許先生。海嬰在幼稚園裡讀書，又是買鉛筆、買皮球，還有臨時出些個花頭，跑上樓來了，說要吃什麼花生糖，什麼牛奶糖，他上樓來是一邊跑著一邊喊著，許先生連忙拉住了他，拉他下了樓才跟他講：「爸爸病啦！」而後拿出錢來，囑咐好了娘姨，只買幾塊糖而不准讓他特別地多買。

收電燈費的來了，在樓下一打門，許先生就得趕快往樓下跑，怕的是再多打幾下，就要驚醒了魯迅先生。

海嬰最喜歡聽講故事，這也是無限的麻煩，許先生除了陪海嬰講故事之外，還要在長桌上偷一點工夫來看魯迅先生為有病耽擱下來尚未校完的校樣。

在這期間，許先生比魯迅先生更要擔當一切了。

魯迅先生吃飯，是在樓上單開一桌，那僅僅是一個方木桌，許先生每餐親手端到樓上去，每樣都用小吃碟盛著，那小吃碟直徑不過二寸，一碟豌豆苗或菠菜或莧菜，把黃花魚或者雞之類也放在小碟裡端上樓去。若是雞，那雞也是全雞身上最好的一塊地方揀下來的肉；若是魚，也是魚身上最好一部分，許先生才把它揀下放在小碟裡。

許先生用筷子來回地翻著樓下的飯桌上菜碗裡的東西，菜揀嫩的，不要莖，只要葉，魚肉之類，揀燒得軟的，沒有骨頭沒有刺的。

心裡存著無限的期望，無限的要求，用了比祈禱更虔誠的目光，許先生看著她自己手裡選得精精緻緻的菜盤子，而後腳板觸了樓梯上了樓。

希望魯迅先生多吃一口，多動一動筷，多喝一口雞湯。雞湯和牛奶是醫生所囑的，一定要多吃一些的。

把飯送上去，有時許先生陪在旁邊，有時走下樓來又做些別的事，半個鐘頭之後，到樓上去取這盤子。這盤子裝得滿滿的，有時竟照原樣一動也沒有動又端下來了，這時候許先生的眉頭微微地皺了一點。旁邊若有什麼朋友，許先生就說：「周先生的熱度高，什麼也吃不落，連茶也不願意吃，人很苦，人很吃力。」

有一天許先生用波浪式的專門切麵包的刀切著麵包，是在客廳後邊方桌上切的，許先生一邊切著一邊對我說：「勸周先生多吃東西，周先生說，人好了再保養，現在勉強吃也是沒有用的。」

許先生接著似乎問著我：「這也是對的？」

而後把牛奶麵包送上樓去了。一碗燒好的雞湯，從方盤裡許先生把它端出來了，就擺在客廳後的方桌上。許先生上樓去了，那碗熱的雞湯在方桌上自己悠然地冒著熱氣。

許先生由樓上回來還說呢：「周先生平常就不喜歡吃湯之類，在病裡，更勉強不下了。」

許先生似乎安慰著自己似的。

「周先生人強，喜歡吃硬的，油炸的，就是吃飯也喜歡吃硬飯……」

許先生樓上樓下地跑，呼吸有些不平靜，坐在她旁邊，似乎可以聽到她心臟的跳動。

魯迅先生開始獨桌吃飯以後，客人多半不上樓來了，經許先生婉言把魯迅先生健康的經過報告了之後就走了。

魯迅先生在樓上一天一天地睡下去，睡了許多日子，都寂寞了，有時大概熱度低了點就問許先生：「什麼人來過嗎？」

看魯迅先生好些，就一一地報告過。

有時也問到有什麼刊物來嗎？

魯迅先生病了一個多月了。

證明了魯迅先生是肺病，並且是肋膜炎，須藤老醫生每天來了，為魯迅先生把肋膜積水用打針的方法抽淨，共抽過兩三次。

這樣的病，為什麼魯迅先生一點也不曉得呢？許先生說，周先生有時覺得肋痛了就自己忍著不說，所以連許先生也不知道，魯迅先生怕別人曉得了又要不放心，又要看醫生，醫生一定又要說休息。魯迅先生自己知道做不到的。

福民醫院美國醫生的檢查，說魯迅先生肺病已經二十年了。這次發了怕是很嚴重。醫生規定個日子，請魯迅先生到福民醫院去詳細檢查，要照X光的。但魯迅先生當時就下樓是下不得的，又過了許多天，魯迅先生到福民醫院去檢查病去了。照X光後給魯迅先生照了一個全部的肺部的照片。

這照片取來的那天許先生在樓下給大家看了，右肺的上尖是黑的，中部也黑了一塊，左肺的下半部都不大好，而沿著左肺的邊邊黑了一大圈。

這之後，魯迅先生的熱度仍高，若再這樣熱度不退，就很難抵抗了。

那查病的美國醫生，只查病，而不給藥吃，他相信藥是沒有用的。

須藤老醫生，魯迅先生早就認識，所以每天來，他給魯迅先生吃了些退熱藥，還吃停止肺病菌活動的藥。他說若肺不再壞下去，就停止在這裡，熱自然就退了，人是不危險的。

在樓下的客廳裡，許先生哭了。許先生手裡拿著一團毛線，那是海嬰的毛線衣拆了洗過之後又團起來的。

魯迅先生在無慾望狀態中，什麼也不吃，什麼也不想，睡覺似睡非睡的。

天氣熱起來了，客廳的門窗都打開著，陽光跳躍在門外的花園裡。麻雀來了停在夾竹桃上叫了三兩聲就飛去，院子裡的小孩們唧唧喳喳地玩耍著，風吹進來好像帶著熱氣，撲到人的身上，天氣剛剛發芽的春天，變為夏天了。

樓上老醫生和魯迅先生談話的聲音隱約可以聽到。

樓下又來客人，來的人總要問：「周先生好一點嗎？」

許先生照常說：「還是那樣子。」

但今天說了眼淚又流了滿臉。一邊拿起杯子來給客人倒茶，一邊用左手拿著手帕按著鼻子。

客人問：「周先生又不大好嗎？」

許先生說：「沒有的，是我心窄。」

過了一會魯迅先生要找什麼東西，喊許先生上樓去，許先生連忙擦著眼睛，想說她不上樓的，但左右看了一看，沒有人能代替了她，於是帶著她那團還沒有纏完的毛線球上樓去了。

樓上坐著老醫生，還有兩位探望魯迅先生的客人。許先生一看了他們就自己低了頭不好意思地笑了，她不敢到魯迅先生的面前去，背轉著身問魯迅先生要什麼呢，而後又是慌忙地把線縷掛在手上纏了起來。

一直到送老醫生下樓，許先生都是把背向著魯迅先生而站著的。每次老醫生走，許先生都是替老醫生提著皮提包送到前門外的。許先生愉快地、沉靜地帶著笑容打開鐵門閂，很恭敬地把皮包交給老醫生，眼看著老醫生走了才進來關了門。

這老醫生出入在魯迅先生的家裡，連老娘姨對他都是尊敬的，醫生從樓上下來時，娘姨若在樓梯的半道，趕快下來躲開，站到樓梯的旁邊。有一天老娘姨端著一個杯子上樓，樓上醫生和許先生一道下來了，那老娘姨躲閃不靈，急得把杯裡的茶都顛出來了。等醫生走過去，已經走出了前門，老娘姨還在那裡呆呆地望著。

「周先生好了點吧？」

有一天許先生不在家，我問著老娘姨。她說：「誰曉得，醫生天天看過了不聲不響地就走了。」

可見老娘姨對醫生每天是懷著期望的眼光看著他的。

許先生很鎮靜，沒有紊亂的神色，雖然說那天當著人哭過一次，但該做什麼，仍是做什麼，毛線該洗的已經洗了，晒的已經晒起，晒乾了的隨手就把它團起糰子。

「海嬰的毛線衣，每年拆一次，洗過之後再重打起，人一年一年地長，衣裳一年穿過，一年就小了。」

在樓下陪著熟的客人，一邊談著，一邊開始手裡動著竹針。這種事情許先生是偷空就做的，夏天就開始預備著冬天的，冬天就做夏天的。

許先生自己常常說：「我是無事忙。」

這話很客氣，但忙是真的，每一餐飯，都好像沒有安靜地吃過。海嬰一會要這個，要那個；若一有客人，上街臨時買菜，下廚房煎炒還不說，就是擺到桌子上來，還要從菜碗裡為著客人選好的夾過去。飯後又是吃水果，若吃蘋果還要把皮削掉，若吃荸薺看客人削得慢而不好也要削了送給客人吃，那時魯迅先生還沒有生病。

許先生除了打毛線衣之外，還用機器縫衣裳，剪裁了許多件海嬰的內衫褲在窗下縫。

因此許先生對自己忽略了，每天上下樓跑著，所穿的衣裳都是舊的，次數洗得太多，鈕扣都洗脫了，也磨破了，都是幾年前的舊衣裳，春天時許先生穿了一個紫紅寧綢袍子，那料子是海嬰在嬰孩時候別人送給海嬰做被子的禮物。做被子，許先生說很可惜，就揀起來做一件袍子。正說著，海嬰來了，許先生使眼神，且不要提到，若提到海嬰又要麻煩起來了，一要說是他的，他就要要。

許先生冬天穿一雙大棉鞋，是她自己做的。一直到二三月早晚冷時還穿著。

有一次我和許先生在小花園裡拍一張照片，許先生說她的鈕扣掉了，還拉著我站在她前邊遮著她。

許先生買東西也總是到便宜的店鋪去買，再不然，到減價的地方去買。處處儉省，把儉省下來的錢，都印了書和印了畫。

現在許先生在窗下縫著衣裳，機器聲格噠格噠的，震著玻璃門有些顫抖。窗外的黃昏，窗內許先生低著的頭，樓上魯迅先生的咳嗽聲，都攪混在一起了，重續著、埋藏著力量。在痛苦中，在悲哀中，一種對於生的強烈的願望站得和強烈的火焰那樣堅定。

許先生的手指把捉了在縫的那張布片，頭有時隨著機器的力量低沉了一兩下。

許先生的面容是寧靜的、莊嚴的、沒有恐懼的，她坦蕩地在使用著機器。

海嬰在玩著一大堆黃色的小藥瓶，用一個紙盒子盛著，端起來樓上樓下地跑。向著陽光照是金色的，平放著是咖啡色的，他招集了小朋友來，他向他們展覽，向他們誇耀，這種玩藝只有他有而別人不能有。他說：「這是爸爸打藥針的藥瓶，你們有嗎？」

別人不能有，於是他拍著手驕傲地呼叫起來。

許先生一邊招呼著他，不叫他喊，一邊下樓來了。

「周先生好了些？」

見了許先生大家都是這樣問的。

「還是那樣子。」許先生說，隨手抓起一個海嬰的藥瓶來：「這不是嗎，這許多瓶子，每天打針，藥瓶也積了一大堆。」

許先生一拿起那藥瓶，海嬰上來就要過去，很寶貴地趕快把那小瓶擺到紙盒裡。

在長桌上擺著許先生自己親手做的蒙著茶壺的棉罩子，從那藍緞子的花罩下拿著茶壺倒著茶。

樓上樓下都是靜的了，只有海嬰快活地和小朋友們的吵嚷躲在太陽裡跳蕩。

海嬰每晚臨睡時必向爸爸媽媽說：「明朝會！」

有一天他站在上三樓去的樓梯口上喊著：「爸爸，明朝會！」

魯迅先生那時正病得沉重，喉嚨裡邊似乎有痰，那回答的聲音很小，海嬰沒有聽到，於是他又喊：「爸爸，明朝會！」他等一等，聽不到回答的聲音，他就大聲地連串地喊起來：「爸爸，明朝會，爸爸，明朝會……爸爸，明朝會……」

他的保母在前邊往樓上拖他，說是爸爸睡下了，不要喊了。可是他怎麼能夠聽呢，仍舊喊。

這時魯迅先生說「明朝會」，還沒有說出來喉嚨裡邊就像有東西在那裡堵塞著，聲音無論如何放不大。到後來，魯迅先生掙扎著把頭抬起來才很大聲地說出：「明朝會，明朝會。」說完了就咳嗽起來。

許先生被驚動得從樓下跑來了，不住地訓斥著海嬰。

海嬰一邊哭著一邊上樓去了，嘴裡嘮叨著：「爸爸是個聾人哪！」

魯迅先生沒有聽到海嬰的話，還在那裡咳嗽著。

魯迅先生在四月裡，曾經好了一點，有一天下樓去赴一個約會，把衣裳穿得整整齊齊，手下夾著黑花布包袱，戴起帽子來，出門就走。

許先生在樓下正陪客人，看魯迅先生下來了，趕快說：「走不得吧，還是坐車子去吧。」

魯迅先生說：「不要緊，走得動的。」

許先生再加以勸說，又去拿零錢給魯迅先生帶著。

魯迅先生說不要不要，堅決地走了。

「魯迅先生的脾氣很剛強。」

許先生無可奈何地，只說了這一句。

魯迅先生晚上回來，熱度增高了。

魯迅先生說：「坐車子實在麻煩，沒有幾步路，一走就到。還有，好久不出去，願意走走……動一動就出毛病……還是動不得……」

病壓服著魯迅先生又躺下了。

七月裡，魯迅先生又好些。

藥每天吃，記溫度的表格照例每天好幾次在那裡畫，老醫生還是照常地來，說魯迅先生就要好起來了。說肺部的菌已經停止了一大半，肋膜也好了。

客人來差不多都要到樓上來拜望拜望。魯迅先生帶著久病初癒的心情，又談起話來，披了一張毛巾子坐在躺椅上，紙菸又拿在手裡了，又談翻譯，又談某刊物。

一個月沒有上樓去，忽然上樓還有些心不安，我一進臥室的門，覺得站也沒地方站，坐也不知坐在哪裡。

許先生讓我吃茶，我就依著桌子邊站著。好像沒有看見那茶杯似的。

魯迅先生大概看出我的不安來了，便說：「人瘦了，這樣瘦是不成的，要多吃點。」

魯迅先生又在說玩笑話了。

「多吃就胖了，那麼周先生為什麼不多吃點？」

魯迅先生聽了這話就笑了，笑聲是明朗的。

從七月以後魯迅先生一天天地好起來了，牛奶、雞湯之類，為了醫生所囑也隔三差五地吃著，人雖是瘦了，但精神是好的。

魯迅先生說自己體質的本質是好的，若差一點的，就讓病打倒了。

這一次魯迅先生保持了很長時間，沒有下樓更沒有到外邊去過。

在病中，魯迅先生不看報，不看書，只是安靜地躺著。但有一張小畫是魯迅先生放在床邊上不斷看著的。

那張畫，魯迅先生未生病時，和許多畫一道拿給大家看過的，小得和紙菸包裡抽出來的那畫片差不多。那上邊畫著一個穿大長裙子飛散著頭髮的女人在大風裡邊跑，在她旁邊的地面上還有小小的紅玫瑰的花朵。

記得是一張蘇聯某畫家著色的木刻。

魯迅先生有很多畫，為什麼只選了這張放在枕邊。

許先生告訴我的，她也不知道魯迅先生為什麼常常看這小畫。

有人來問他這樣那樣的，他說：「你們自己學著做，若沒有我呢！」

這一次魯迅先生好了。

還有一樣不同的，覺得做事要多做……

魯迅先生以為自己好了，別人也以為魯迅先生好了。

準備冬天要慶祝魯迅先生工作三十年。

又過了三個月。

一九三六年十月十七日，魯迅先生病又發了，又是氣喘。

十七日，一夜未眠。

十八日，終日喘著。

十九日的下半夜，人衰弱到極點了。天將發白時，魯迅先生就像他平日一樣，工作完了，他休息了。

鍍金的學說

我的伯父，他是我童年唯一崇拜的人物，他說起話有宏亮的聲音，並且他什麼時候講話總關於正理，至少那時候我覺得他的話是嚴肅的，有條理的，千真萬對的。

那年我十五歲，是秋天，無數張葉子落了，迴旋在牆根了，我經過北門旁在寒風裡號叫著的老榆樹，那榆樹的葉子也向我打來。可是我抖擻著跑進屋去，我是參加一個鄰居姐姐出嫁的筵席回來。一邊脫換我的新衣裳，一邊同母親說，那好像同母親吵嚷一般：「媽，真的沒有見過，婆家說新娘笨，也有人當面來羞辱新娘，說她站著的姿勢不對，坐著的姿勢不好看，林姐姐一聲也不作，假若是我呀！哼……」

母親說了幾句同情的話，就在這樣的當兒，我聽清伯父在呼喚我的名字。他的聲音是那樣低沉，平素我是愛伯父的，可是也怕他，於是我心在小胸膛裡邊驚跳著走出外房去。我的兩手下垂，就連視線也不敢放過去。

「你在那裡講究些什麼話？很有趣哩！講給我聽聽。」伯父說話的時候，他的眼睛流動笑著，我知道他沒有生氣，並且我想他很願意聽我講究。我就高聲把那事又說了一遍，我且說且做出種種姿勢來。等我說完的時候，我仍歡喜，說完了我把說話時跳打著的手足停下，靜等著伯伯誇獎我呢！可是過了很多工夫，伯伯在桌子旁仍寫他的文字。

對我好像沒有反應，再等一會他對於我的講話也絕對沒有迴響。至於我呢，我的小心房立刻感到壓迫，我想我的錯在什麼地方？話講的是很流利呀！講話的速度也算是活潑呀！伯伯好像一塊朽木塞住我的咽喉，我願意快躲開他到別的房中去長嘆一口氣。

伯伯把筆放下了，聲音也跟著來了：「你不說假若是你嗎？是你又怎麼樣？你比別人更糟糕，下回少說這一類話！小孩子學著誇大話，淺薄透了！假如是你，你比別人更糟糕，你想你總要比別人高一倍嗎？再不要誇口，誇口是最可恥，最沒出息。」

我走進母親的房裡時，坐在炕沿我弄著髮辮，默不作聲，臉部感到很燒很燒。以後我再不誇口了！

伯父又常常講一些關於女人的服裝的意見，他說穿衣服素色最好，不要塗粉、抹胭脂，要保持本來的面目。我常常是保持本來的面目，不塗粉不抹胭脂，也從沒穿過花色的衣裳。

後來我漸漸對於古文有趣味，伯父給我講古文，記得講到〈弔古戰場文〉那篇，伯父被感動得有些聲咽，我到後來竟哭了！從那時起我深深感到戰爭的痛苦與殘忍。大概那時我才十四歲。

又過一年，我從小學卒業就要上中學的時候，我的父親把臉沉下了！他終天把臉沉下。等我問他的時候，他瞪一瞪眼睛，在地板上走轉兩圈，必須要過半分鐘才能給一個答話：「上什麼中學？上中學在家上吧！」

父親在我眼裡變成一隻沒有一點熱氣的魚類，或者別的不具著情感的動物。

半年的工夫，母親跟我吵嘴，父親罵我：「你懶死啦！不要臉的。」當時我過於氣憤了，實在受不住這樣一架機器壓軋了。我問他，「什麼叫不要臉呢？誰不要臉！」聽了這話立刻像火山一樣爆裂起來。當時我沒能看出他頭上有火冒也沒？父親滿頭的髮絲一定被我燒焦了吧！那時我是在他的手掌下倒了下來，等我爬起來時，我也沒有哭。可是父親從那時起他感到父親的尊嚴是受了一大挫折，也從那時起每天想要恢復他的父權。

他想做父親的更該尊嚴些，或者加倍地尊嚴著才能壓住子女吧？

可真加倍尊嚴起來了。每逢他從街上回來，都是黃昏時候，父親一走到花牆的地方便從喉管做出響動，咳嗽幾聲啦，或是吐一口痰啦。後來漸漸我聽他只是咳嗽而不吐痰，我想父親一定會感著痰不夠用了呢！我想做父親的為什麼必須尊嚴呢？或者因為做父親的肚子太清潔？把肚子裡所有的痰都全部吐出來了？

一天天睡在炕上，慢慢我病著了！我什麼心思也沒有了！一班同學不升學的只有兩三個，升學的同學給我來信告訴我，她們打網球，學校怎樣熱鬧，也說些我所不懂的功課。我愈讀這樣的信，心愈加重點。

老祖父支住拐杖，仰著頭，白色的鬍子振動著說：「叫櫻花上學去吧！給她拿火車費，叫她收拾收拾起身吧！小心病壞！」

父親說：「有病在家養病吧，上什麼學，上學！」

後來連祖父也不敢向他問了，因為後來不管親戚朋友，提到我上學的事他都是連話不答，出走在院中。

整整死悶在家中三個季節，現在是正月了。家中大會賓客，外祖母啜著湯食向我說：「櫻花，你怎麼不吃什麼呢？」

當時我好像要流出眼淚來，在桌旁的枕上，我又倒下了！因為伯父外出半年是新回來，所以外祖母向伯父說：「他伯伯，向櫻花爸爸說一聲，孩子病壞了，叫她上學去吧！」

伯父最愛我，我五六歲時他常常來我家，他從北邊的鄉村帶回來榛子。冬天他穿皮大氅，從袖口把手伸給我，那冰寒的手呀！當他拉住我的手的時候，我害怕掙脫著跑了，可是我知道一定有榛子給我帶來，我禿著頭兩手捏耳朵，在院子裡我向每個貨車夫問：「有榛子沒有？榛子沒有？」

伯父把我裹在大氅裡，抱著我進去，他說：「等一等給你榛子。」

我漸漸長大起來，伯父仍是愛我的，講故事給我聽。買小書給我看，等我入高級，他開始給我講古文了！有時族中的哥哥弟弟們都喚來，他講給我們聽，可是書講完他們臨去的時候，伯父總是說：「別看你們是男孩子，櫻花比你們全強，真聰明。」

他們自然不願意聽了，一個一個退走出去。不在伯父面前他們齊聲說：「你好呵！你有多聰明！比我們這一群混蛋強得多。」

男孩子說話總是有點野，不願意聽，便離開他們了。誰想男孩子們會這樣放肆呢？他們扯住我，要打我：「你聰明，能當個什麼用？我們有氣力，要收拾你。」「什麼狗屁聰明，來，我們大傢伙看看你的聰明到底在哪裡！」

伯父當著什麼人也誇獎我：「好記力，心機靈快。」

現在一講到我上學的事，伯父微笑了：「不用上學，家裡請個老先生念念書就夠了！哈爾濱的女學生們太荒唐。」

外祖母說：「孩子在家裡教養好，到學堂也沒有什麼壞處。」

於是伯父斟了一杯酒，挾了一片香腸放到嘴裡，那時我多麼不願看他吃香腸呵！那一刻我是怎樣惱煩著他！我討厭他喝酒用的杯子，我討厭他上唇生著的小黑髭，也許伯伯沒有觀察我一下！他又說：「女學生們靠不住，交男朋友啦！戀愛啦！我看不慣這些。」

從那時起伯父同父親是沒有什麼區別。變成嚴涼的石塊。

當年，我升學了，那不是什麼人幫助我，是我自己向家庭施行的騙術。後一年暑假，我從外回家，我和伯父的中間，總感到一種淡漠的情緒，伯父對我似乎是客氣了，似乎是有什麼從中間隔離著了！

一天伯父上街去買魚，可是他回來的時候，筐子是空空的。母親問：「怎麼！沒有魚嗎？」

「哼！沒有。」

母親又問：「魚貴嗎？」

「不貴。」

伯父走進堂屋坐在那裡好像幻想著一般，後門外樹上滿掛著綠的葉子，伯父望著那些無知的葉子幻想，最後他小聲唱起，像是有什麼悲哀曚蔽著他了！看他的臉色完全可憐起來。他的眼睛是那樣憂煩地望著桌面，母親說：「哥哥頭痛嗎？」

伯父似乎不願回答，搖著頭，他走進屋倒在床上，很長時間，他翻轉著，扇子他不用來搖風，在他手裡亂響。他的手在胸膛上拍著，氣悶著，再過一會，他完全安靜下去，扇子任意丟在地板，蒼蠅落在臉上，也不去搔牠。

晚飯桌上了，伯父多喝了幾杯酒，紅著顏面向祖父說：「菜市上看見王大姐呢！」

王大姐，我們叫他王大姑，常聽母親說：「王大姐沒有媽，爹爹為了貧窮去為匪，只留這個可憐的孩子住在我們家裡。」伯父很多情呢！伯父也會戀愛呢，伯父的屋子和我姑姑們的屋子挨著，那時我的三個姑姑全沒出嫁。

一夜，王大姑沒有回內房去睡，伯父伴著她哩！

祖父不知這件事，他說：「怎麼不叫她來家呢？」

「她不來，看樣子是很忙。」

「呵！從出了門子總沒見過，二十多年了，二十多年了！」

祖父捋著斑白的鬍子，他感到自己是老了！

伯父也感嘆著：「噯！一轉眼，老了！不是姑娘時候的王大姐了！頭髮白了一半。」

伯父的感嘆和祖父完全不同，伯父是痛惜著他破碎的青春的故事。又想一想他婉轉著說，說時他神祕地有點微笑：「我經過菜市場，一個老太太回頭看我，我走過，她仍舊看我。停在她身後，我想一想，是誰呢？過會我說：『是王大姐嗎？』她轉過身來，我問她：『在本街住吧？』她很忙，要回去燒飯，隨後她走了，什麼話也沒說，提著空筐子走了！」

夜間，全家人都睡了，我偶然到伯父屋裡去找一本書，因為對他，我連一點信仰也失去了，所以無言走出。

伯父願意和我談話似的：「沒睡嗎？」

「沒有。」

隔著一道玻璃門，我見他無聊的樣子翻著書和報，枕旁一隻蠟燭，火光在起伏。伯父今天似乎是例外，跟我講了好些話，關於報紙上的，又關於什麼年鑑上的。他看見我手裡拿著一本花面的小書，他問：「什麼書。」

「小說。」

我不知道他的話是從什麼地方說起：「言情小說，《西廂》是妙絕，《紅樓夢》也好。」

那夜伯父奇怪地向我笑，微微地笑，把視線斜著看住我。我忽然想起白天所講的王大姑來了，於是給伯父倒一杯茶，我走出房來，讓他伴著茶香來慢慢地回味著記憶中的姑娘吧！

我與伯父的學說漸漸懸殊，因此感情也漸漸惡劣，我想什麼給感情分開的呢？我需要戀愛，伯父也需要戀愛。伯父見著他年輕時候的情人痛苦，假若是我也是一樣。

那麼他與我有什麼不同呢？不過伯父相信的是鍍金的學說。

祖父死了的時候

總是有點變樣子，喜歡流起眼淚來，同時過去很重要的事情也忘掉。比方過去那一些常講的故事，現在講起來，講了一半下一半就說：「我記不得了。」

某夜，又病了一次，經過這一次病，竟說：「給你三姑寫信，叫她來一趟，我不是四五年沒看過她嗎？」叫我寫信給我已經死去五年的姑母。

那次離家是很痛苦的。學校來了開學通知信，祖父又一天一天地變樣起來。

祖父睡著的時候，我就躺在的旁邊哭，好像祖父已經離開我死去似的，一面哭著一面抬頭看凹陷的嘴脣。我若死掉祖父，就死掉我一生最重要的一個人，好像死了就把人間一切「愛」和「溫暖」帶得空空虛虛。我的心被絲線紮住或鐵絲絞住了。

我聯想到母親死的時候。母親死以後，父親怎樣打我，又娶一個新母親來。這個母親很客氣，不打我，就是罵，也是指著桌子或椅子來罵我。客氣是越客氣了，但是冷淡了，疏遠了，生人一樣。

「到院子去玩玩吧！」祖父說了這話之後，在我的頭上撞了一下，「喂！你看這是什麼？」

一個黃金色的桔子落到我的手中。

夜間不敢到茅廁去，我說：「媽媽跟我到茅廁去趟吧。」

「我不去！」

「那我害怕呀！」

「怕什麼？」

「怕什麼？怕鬼怕神？」父親也說話了，把眼睛從眼鏡上面看著我。

冬天，祖父已經睡下，赤著腳，開著鈕扣跟我到外面茅廁去。

學校開學，我遲到了四天。三月裡，我又回家一次，正在外面叫門，裡面小弟弟嚷著：「姐姐回來了！姐姐回來了！」大門開時，我就遠遠注意著祖父住著的那間房子。果然祖父的面孔和鬍子閃現在玻璃窗裡。我跳著笑著跑進屋去。但不是高興，只是心酸，祖父的臉色更慘淡更白了。等屋子裡一個人沒有時，流著淚，慌慌忙忙地一邊用袖口擦著眼淚，一邊抖動著嘴唇說：「爺爺不行了，不知早晚……前些日子好險沒跌……跌死。」

「怎麼跌的？」

「就是在後屋，我想去解手，招呼人，也聽不見，按電鈴也沒有人來，就得爬啦。還沒到後門口，腿顫，心跳，眼前發花了一陣就倒下去。沒跌斷了腰……人老了，有什麼用處！爺爺是八十一歲呢。」

「爺爺是八十一歲。」

「沒用了，活了八十一歲還是在地上爬呢！我想你看不著爺爺了，誰知沒有跌死，我又慢慢爬到炕上。」

我走的那天也是和我回來那天一樣，白色的臉的輪廓閃現在玻璃窗裡。在院心我回頭看著祖父的面孔，走到大門口，在大門口我仍可看見，出了大門，就被門扇遮斷。

從這一次祖父就與我永遠隔絕了。雖然那次和祖父告別，並沒說出一個永別的字。

我回來看祖父，這回門前吹著喇叭，幡桿挑得比房頭更高，馬車離家很遠的時候，我已看到高高的白色幡桿了，吹鼓手們的喇叭愴涼地在悲號。馬車停在喇叭聲中，大門前的白幡、白對聯、院心的靈棚，鬧嚷嚷許多人，吹鼓手們響起嗚嗚的哀號。

這回祖父不坐在玻璃窗裡，是睡在堂屋的板床上，沒有靈魂地躺在那裡。我要看一看白色的鬍子，可是怎樣看呢！拿開臉上蒙著的紙吧，鬍子、眼睛和嘴，都不會動了，真的一點感覺也沒有了？我從祖父的袖管裡去摸的手，手也沒有感覺了。祖父這回真死去了啊！

祖父裝進棺材去的那天早晨，正是後園裡玫瑰花開放滿樹的時候。我扯著祖父的一張被角，抬向靈前去。吹鼓手在靈前吹著大喇叭。

我怕起來，我號叫起來。

「咣咣！」黑色的，半尺厚的靈柩蓋子壓上去。

吃飯的時候，我飲了酒，用祖父的酒杯飲的。飯後我跑到後園玫瑰樹下去臥倒，園中飛著蜂子和蝴蝶，綠草的清涼的氣味，這都和十年前一樣。可是十年前死了媽媽。媽媽死後我仍是在園中撲蝴蝶。這回祖父死去，我卻飲了酒。

過去的十年我是和父親打鬥著生活。在這期間我覺得人是殘酷的東西。父親對我是沒有好面孔的，對於僕人也是沒有好面孔的，對於祖父也是沒有好面孔的。因為僕人是窮人，祖父是老人，我是個小孩子，所以我們這些完全沒有保障的人就落到的手裡。

後來我看到新娶來的母親也落到的手裡，喜歡她的時候，便同她說笑。惱怒時便罵她，母親漸漸也怕起父親來。

母親也不是窮人，也不是老人，也不是孩子，怎麼也怕起父親來呢？我到鄰家去看看，鄰家的女人也是怕男人。我到舅家去，舅母也是怕舅父。

我懂得的盡是些偏僻的人生，我想世間死了祖父，就沒有再同情我的人了，世間死了祖父，剩下的盡是些凶殘的人了。

我飲了酒，回想，幻想……

以後我必須不要家，到廣大的人群中去，但我在玫瑰樹下顫慄了，人群中沒有我的祖父。

所以我哭著，整個祖父死的時候我哭著。

女子裝飾的心理

裝飾本來不僅限於女子一方面的，古代氏族的社會，男子的裝飾不但極講究，且更較女子而過。古代一切狩獵氏族，他們的裝飾較衣服更為華麗，他們甘願裸體，但對於裝飾不肯忽視。所以裝飾之於原始人，正如現在衣服之於我們一樣重要。現在我們先講講原始人的裝飾，然後由此推知女子裝飾之由來。

原始人的裝飾有兩種，一種是固定的為黥創紋身，穿耳、穿鼻、穿脣等；一種是活動的，就是連繫在身體上暫時應用的，為帶纓、鈕子之類，他們裝飾的顏色主要的是紅色，他們身上的塗彩多半以赤色條繪飾，因為血是紅的，紅色表示熱烈，具有高度的興奮力。就是很多的動物，對於赤色，也和人類一樣容易感覺，有強烈的情緒的連繫。

其次是黃色，也有相當的美感，也為原始人所採用，再是白色和黑色，但較少採用。他們裝飾所選用的顏色，頗受他們的皮膚的顏色所影響，如白色和赤色對於黑色的澳洲人頗為採用，他們所採用的顏色是要與他們皮膚的顏色有截然分別的。

至於原始人對於裝飾的觀念怎樣呢？他們究竟為什麼要裝飾？又為什麼要這樣裝飾呢？

這就談到了他們裝飾的心理問題了。

我們大概會驚異於他們這種重視裝飾的心理吧，如黥身是他們身體裝飾中最痛苦的，用刀或鐵箭在身上刺成各種花紋，有的且刺滿全身，他們竟於忍受痛苦而為其人的勇敢毅力的表示。而這種忍受，大都是為了裝飾美觀，極少含有其他作用。少年男女到了相當年齡，便執行著這種苦刑，而以為榮。以為假如身上沒能刺刻的花紋，則將來很難找到愛侶。至於活動的裝飾，如各種環纓之類的佩戴物，則一方表示他們勇敢善戰，不懦怯，一方面是引起異性的愛悅，因為他們都以勇敢善鬥為榮。身上所佩戴的許多珍貴的裝飾物，表示他們的富有，是以勇敢奪得或獵取來的。總之，原始人裝飾的用意，一方是引起異性愛悅，一方是引起他人的敬畏。事實上，各種裝飾是兼具此兩意義的，這實在是生存競爭中不可少和有效的工具。由這些情形看來，在原始社會中男子的裝飾較女子講究，也是因為原始社會的人民，沒有確定的婚姻制度，無恆久的配偶，而女子在任何情形中都有結婚的機會，男子要得到伴侶，比較困難，故必須用種種手段以滿足其慾望。

但在文明社會中，男女關係與此完全相反，男子處處站在優越地位，社會上一切法律權利都握在男子手中，女子全居於被動地位。雖然近年來有男女平等的法律，但在父權制度之下，女子仍然是被動的。因此，男子可以行動自由，女子至少要受相當的約制。

這樣一來，女子為達到其獲得伴侶的慾望，因此也要借種種手段以取悅異性了。這種手段，便是裝飾。

裝飾主要的用意，大都是一方以取悅於男性，一方足以表示自己的高貴。臉上敷著白粉、紅脂、口紅、蔻丹等。剛才說過紅色是原始人用作裝飾的主要顏色，紅白相稱特別鮮明，不獨引人注目，亦以表示其不親勞動的身分。故牙齒既然是白的，口唇必須塗紅。西洋婦女臉上塗桔黃色的粉，這是表示他們的富有，因為夏天海濱避暑為海風吹拂臉頰成黃色。白色最能顯示臉部和身體的輪廓，原始人跳舞往往在夜間昏昏的燈光和月色之下，用的色在身體驗成條紋，使身體輪廓顯明，易為人注目。婦女用紅白二色飾臉部，也是利用其顏色鮮明，且色其熱烈性，易使人感動。中國少女結婚時多穿紅衣紅裙，大概不外這個意義。

女子裝飾亦隨社會習慣而變遷。昔人的觀念，以柔弱嬌小為美，故女子束腰裹腳之行盛行，有「楚王好細腰，宮中多餓死」者的慘事。近來體育發達，國人觀念改變，重健康，好運動，女子以體格壯健膚色紅黑為美。現在一班新進的女子，大都不飾脂粉，以太陽光下的紅黑色膚色的天然風致為美了。黑色太陽鏡之盛行，不外表示其常常外出的習慣而已。

兩個朋友

金珠才十三歲，穿一雙水紅色的襪子，在院心和華子拍皮球。華子是個沒有親母親的孩子。

生疏的金珠被母親帶著來到華子家裡才是第二天。

「你念幾年書了？」

「四年，你呢？」

「我沒上過學——」金珠把皮球在地上丟了一下又抓住。

「你怎麼不念書呢？十三歲了，還不上學？我十歲就上學的……」

金珠說：「我不是沒有爹媽！媽說：等她積下錢讓我念書。」

於是又拍著皮球，金珠和華子差不多一般高，可是華子叫她金珠姐。

華子一放學回來，把書包丟在箱子上或是炕上，就跑出去和金珠姐拍皮球。夜裡就挨著睡，白天就一道玩。

金珠把被縟搬到裡屋去睡了！從那天起她不和華子交談一句話；叫她：「金珠姐，金珠姐。」她把嘴脣突起來不應聲。

華子傷心的，她不知道新來的小朋友怎麼會這樣對她。

再過幾天華子挨罵起來——孩崽子，什麼玩意兒呢！——金珠走在地板上，華子丟了一個皮球撞了她，她也是這樣罵。連華子的弟弟金珠也罵他。

那孩子叫她：「金珠子，小金珠子！」

「小，我比你小多少？孩崽子！」

小弟弟說完了，跑到爺爺身邊去，他怕金珠要打他。

夏天晚上，太陽剛落下去，在太陽下蒸熱的地面還沒有消滅了熱。全家就坐在開著窗子的窗臺，或坐在門前的木凳上。

「不要弄跌了啊！慢慢推……慢慢推！」祖父招呼小珂。

金珠跑來，小母雞一般地，把小車奪過去，小珂被奪著，哭著。祖父叫他：「來吧！別哭，小珂聽說，不要那個。」

為這事，華子和金珠吵起來了：「這也不是你家的，你管得著？不要臉！」

「什麼東西，硬裝不錯。」

「我看你也是硬裝不錯，『幫虎吃食』。」

「我怎麼『幫虎吃食』?我怎麼『幫虎吃食』?」

華子的後母和金珠是一道戰線，她氣得只是重複著一句話：「小華子，我也沒見你這樣孩子，你爹你媽是虎?是野獸?我可沒見過你這樣孩子。」

「是『幫虎吃食』，是『幫虎吃食』。」華子不住說。

後母和金珠完全是一道戰線，她叫著她：「金珠，進來關上窗子睡覺吧!別理那小瘋狗。」

「小瘋狗，看也不知誰是小瘋狗，不講理者小瘋狗。」

媽媽的權威吵滿了院子：「你爸爸回來，我要不告訴你爸爸才怪呢?還了得啦!罵她媽是『小瘋狗』。我管不了你，我也不是你親娘，你還有親爹哩!叫你親爹來管你。你早沒把我看到眼裡。罵吧!也不怕傷天理!」

小珂和祖父都進屋去睡了!祖父叫華子也進來睡吧!可是華子始終依著門呆想。夜在她的眼前，蚊子在她的耳邊。

第二天金珠更大膽，故意藉著事由來屈服華子，她覺得她必定勝利，她做著鬼臉：「小華子，看誰丟人，看誰挨罵?你爸爸要打呢!我先告訴你一聲，你好預備著點!」

「別不要臉!」

「罵誰不要臉？我怎麼不要臉？把你美的？你個小老婆，我告訴你爹爹去，走，你敢跟我去……」

金珠的母親，那個胖老太太說金珠：「都是一般大，好好玩，別打架。幹什麼金珠？不好那樣！」華子被扯住肩膀：「走就走，我不怕你，還怕你個小窮鬼！都窮不起了，才跑到別人家來，混飯吃還不夠，還瞎厲害。」

金珠感到羞辱了，軟弱了，眼淚流了滿臉：「娘，我們走吧！不住她家，再不住……」

金珠的母親也和金珠一樣哭。

「金珠，把孩子抱去玩玩。」她應著這呼聲，每日肩上抱著孩子。

華子每日上學，放學就拍皮球。

金珠的母親，是個寡婦母親，來到親戚家裡，是來做幫工，華子和金珠吵架，並沒有人傷心，就連華子的母親也不把這事放在心上，華子的祖父和小珂也不把這事記在心上，一到傍晚又都到院子去乘涼，吸著菸，用扇子撲著蚊蟲……看一看多星的天幕。

華子一經過金珠面前，金珠的母親的心就跳了。她心跳誰也不曉得，孩子們吵架是平常事，如雞和雞鬥架一般。

正午時候，人影落在地面那樣短，狗睡到牆根去了！炎夏的午間，只聽到蜂子飛，只聽到狗在牆根喘。

金珠和華子從正門衝出來，兩匹狗似的，兩匹小狼似的，太陽晒在頭上不覺到熱；一個跑著，一個追著。華子停下來鬥一陣再跑，一直跑到柴欄裡去，拾起高粱稈打著。

金珠狂笑，但那是變樣的狂笑，臉嘴已經不是平日的臉嘴了。嘴鬥著，臉是青色地，但仍在狂笑。

誰也沒有流血，只是頭髮上貼住一些高粱葉子。已經累了！雙方面都不願意再打，都沒有力量再打。

「進屋去吧，怎麼樣？」華子問。

「進屋！不打死你這小鬼頭對不住你。」金珠又分開兩腿，兩臂抱住肩頭。

「好，讓你打死我。」一條木板落到金珠的腿上去。

金珠的母親完全顫慄，她全身顫慄，當金珠去奪她正在手中切菜的菜刀時，眼看打得要動起刀來。

做幫工也怕做不長的。

金珠的母親，洗尿布、切菜、洗碗、洗衣裳，因為是小腳，一天到晚，到晚間，腳就疼了。

「娘，你腳疼嗎？」金珠就去打一盆水為她洗腳。

娘起先是恨金珠的，為什麼這樣不聽說？為什麼這樣不知好歹？和華子一天打到晚。可是她一看到女兒打一盆水給她，她就不恨金珠而自己傷心。若有金珠的爹爹活著哪能這樣？自己不是也有家嗎？

金珠的母親失眠了一夜，蚊子成群地在她的耳邊飛；飛著、叫著，她坐起來搔一搔又倒下去，終夜她沒有睡著，玻璃窗子發著白了！這時候她才一粒一粒地流著眼淚。十年前就是這個天剛亮的時候，金珠的爹爹從炕上抬到床上，那白色的臉，連一句話也沒說而死去的人……十年前了！在外面幫工，住親戚也是十年了！

她把枕頭和眼角相接近，使眼淚流到枕頭上去，而不去擦它一下，天色更白了！這是金珠爹爹抬進木棺的時候。那打開的木棺，可怕的，一點感情也沒有的早晨又要來似的……她帶淚的眼睛闔起來，緊緊地壓在枕頭上。起床時，金珠問：「娘，你的眼睛怎麼腫了呢！」

「不怎麼。」

「告訴我！娘！」

「告訴你什麼！都是你不聽說，和華子打仗氣得我……」

金珠兩天沒和華子打仗，到第三天她也並不想立刻打仗，因為華子的母親翻著箱子，一面找些舊衣裳給金珠，一面告訴金珠：「你和那丫頭打仗，就狠點打，我給你作主，不會出亂子的，那丫頭最能氣人沒有的啦！我有衣裳也不能給她穿，這都給你。跟你娘到別處去受氣，到我家我可不能讓你受氣，多可憐哪！從小就沒有了爹……」

金珠把一些衣裳送給娘去，以後金珠在一家中比誰都可靠，把鎖櫃箱的鑰匙也交給了她。她常常就在華子和小珂面前隨便吃梨子，可是華子和小珂不能吃。小珂去找祖父。

祖父說：「你是沒有娘的孩子，少吃一口吧！」

小珂哭起來了！

這一家中，華子和母親起著衝突，爺爺也和母親起著衝突。

被華子的母親追使著，金珠又和華子吵了幾回架。居然，有這麼一天，金耳環掛上了金珠的耳朵了。

金珠受人這樣同情，比爹爹活轉來或者更幸運，飽飽滿滿地過著日子。

「你多可憐哪！從小就沒有了爹……」金珠常常被同情著。

華子每天上學，放學就拍皮球。金珠每天背著孩子，幾乎連一點玩的工夫也沒有了。

秋天，附近小學裡開了一個平民教育班。

「我也上『平民學校』去吧，一天兩點鐘，四個月讀四本書。」

華子的母親沒有答應金珠，說認字不認字都沒有用，認字也吃飯，不認字也吃飯。

鄰居的小姑娘和婦人們都去進「平民學校」，只有金珠沒能去，只有金珠剩在家中抱著孩子。

金珠就很憂愁了，她想和華子交談幾句，她想借華子的書來看一下，她想讓華子替她抱一下小孩，她拍幾下皮球，但這都沒有做，她多少有一點自尊心存在。

有天家中只剩華子、金珠、金珠的母親，孩子睡覺了。

「華子，把你的鉛筆借給我寫兩個字，我會寫我的姓。」金珠說完話，很不好意思，嘴唇沒有立刻就合起來。

華子把皮球向地面丟了一下，掉過頭來，把眼睛斜著從金珠的腳下一直打量到她的頭頂。

為著這事金珠把眼睛哭腫。

「娘，我們走吧，不再住她家。」

金珠想要進「平民學校」進不得，想要和華子玩玩，又玩不得，雖然是耳朵上掛著金圈，金圈也並不帶來同情給她。

她患著眼病了！最厲害的時候，飯都吃不下。

「金珠啊！抱抱孩子，我吃飯。」華子的後母親叫她。

眼睛疼得厲害的時候，可怎樣抱孩子？華子就去抱。

「金珠啊！打盆臉水。」

華子就去打。

金珠的眼睛還沒好，她和華子的感情可好起來。她們兩個從朋友變成仇人，又從仇人變成朋友了！又搬到一個房間去睡，被子接著被子。在睡覺時金珠說：「我把耳環還給她吧！我不要這東西！」她不愛那樣閃光的耳環。

沒等金珠把耳環摘掉，那邊已經向她要了：「小金珠，把耳環摘下來吧！我告訴你說吧，一個人若沒有良心，那可真算個人！我說，小金珠子，我對得起你，我給你多少衣裳？我給你金耳環，你不和我一條心眼，我告訴你吧！你後悔的日子在後頭呢！眼看你就要帶上手鐲了！可是我不能給你買了……」

金珠的母親聽到這些話，比看到金珠和華子打架更難過，幫工是幫不成的啦！

華子放學回來，她就抱著孩子等在大門外，笑咪咪的，永久是那個樣子，後來連晚飯也不吃，等華子一起吃。若買一件東西，華子同意她就同意。比方買一個扣髮的針啦，或是一塊小手帕啦！若金珠同意華子也同意。夜裡華子為著學校忙著編織物，她也伴著她不睡，華子也教她識字。

金珠不像從前可以任意吃著水果，現在她和小珂、華子同樣，依在門外嗅一些水果香。

華子的母親和父親罵華子，罵小珂，也同樣罵著金珠。

終久又有這樣的一天，金珠和母親被驅著走了。

兩個朋友，哭著分開。

天空的點綴

用了我有點蒼白的手，捲起紗窗來，在那灰色的雲的後面，我看不到我所要看的東西（這東西是常常見的，但它們真的載著砲彈飛起來的時候，這在我還是生疏的事情，也還是理想著的事情）。正在我躊躇的時候，我看見了，那飛機的翅子好像不是和平常的飛機的翅子一樣——它們有大的也有小的——好像還帶著輪子，飛得很慢，只在雲彩的縫際出現了一下，雲彩又趕上來把它遮沒了。不，那不是一隻，那是兩隻，以後又來了幾隻。它們都是銀白色的，並且又都叫著嗚嗚的聲音，它們每個都在叫著嗎？這個，我分不清楚。或者它們每個在叫著的，節拍像唱歌的，是有一定的調子，也或者那在雲幕當中撒下來的聲音就是一片。好像在夜裡聽著海濤的聲音似的，那就是一片了。

過去了！過去了！心也有點平靜下來。午飯時用過的家具，我要去洗一洗。剛一經過走廊，又被我看見了，又是兩隻。這次是在南邊，前面一個，後面一個，銀白色的，遠看有點發黑，於是我聽到了我的鄰家在說：「這是去轟炸虹橋飛機場。」

我只知道這是下午兩點鐘，從昨夜就開始的這戰爭。至於飛機我就不能夠分別了，日本的呢?還是中國的呢?大概是日本的吧!因為是從北邊來的,到南邊去的,戰地是在北邊中國虹橋飛機場是真的,於是我又起了很多想頭:是日本打勝了吧!所以安閒地去炸中國的後方,是……一定是,那麼這是很壞的事情,他們沒止境地屠殺,一定要像大風裡的火焰似的那麼沒有止境……

很快我批駁了我自己的這念頭,很快我就被我這沒有把握的不正確的熱望壓倒了,中國,一定是中國占著一點勝利,日本遭了些挫傷。假若是日本占著優勢,他一定要衝過了中國的陣地而追上去,哪裡有工夫用飛機來這邊擴大戰線呢?

風很大,在遊廊上,我拿在手裡的家具,感到了點沉重而動搖,一個小白鋁鍋的蓋子,啪啦啪啦地掉下來了,並且在遊廊上啪啦啪啦地跑著,我追住了它,就帶著它到廚房去。

至於飛機上的炸彈,落了還是沒落呢?我看不見,而且我也聽不見,因為東北方面和西北方面砲彈都在開裂著。甚至於那砲彈真正從哪方面出發,因著回音的關係,我也說不定了。

但那飛機的奇怪的翅子,我是看見了的,我是含著眼淚而看著它們,不,我若真的含著眼淚而看著它們,那就相同遇到了魔鬼而想教導魔鬼那般沒有道理。

但在我的窗外,飛著、飛著,飛去又飛來了的,飛得那麼高,好像有一分鐘那飛機也沒離開我的窗口。因為灰色的雲層的掠過，真切了，朦朧了，消失了，又出現了，一個來了，一個又來了。看著這些東西，實在的我的胸口有些疼痛。

一個鐘頭看著這樣我從來沒有看過的天空，看得疲乏了，於是，我看著桌上的檯燈，檯燈的綠色的傘罩上還畫著菊花，又看到了箱子上散亂的衣裳，平日彈著的六條弦的大琴，依舊是站在牆角上。一樣，什麼都是和平常一樣，只有窗外的雲，和平日有點不一樣，還有桌上的短刀和平日有點不一樣，紫檀色的刀柄上鑲著兩塊黃銅，而且不裝在紅牛皮色的套子裡。對於它我看了又看，我相信我自己絕不是拿著這短刀而赴前線。

失眠之夜

為什麼要失眠呢？煩躁、噁心、心跳、膽小，並且想要哭泣。我想想，也許就是故鄉的思慮罷。

窗子外面的天空高遠了，和白棉一樣綿軟的雲彩低近了，吹來的風好像帶點草原的氣味，這就是說已經是秋天了。

在家鄉那邊，秋天最可愛。

藍天藍得有點發黑，白雲就像銀子做成一樣，就像白色的大花朵似的點綴在天上；就又像沉重得快要脫離開天空而墜了下來似的，而那天空就越顯得高了，高得再沒有那麼高的。

昨天我到朋友們的地方走了一遭，聽來了好多的心願——那許多心願綜合起來，又都是一個心願——這回若真的打回滿洲去，有的說，煮一鍋高粱米粥喝；有的說，咱家那地豆多麼大！說著就用手比量著，這麼碗大；珍珠米，老的一煮就開了花的，一尺來長的；還有的說，高粱米粥、鹹鹽豆。還有的說，若真的打回滿洲去，三天二夜不吃飯，打著大旗往家跑。跑到家去自然也免不了先吃高粱米粥或鹹鹽豆。

比方高粱米那東西，平常我就不願吃，很硬，有點發澀（也許因為我有胃病的關係），可是經他們這一說，也覺得非吃不可了。

但是什麼時候吃呢？那我就不知道了。而況我到底是不怎樣熱烈的，所以關於這一方面，我終究不怎樣親切。

但我想我們那門前的蒿草，我想我們那後園裡開著的茄子的紫色的小花，黃瓜爬上了架。而那清早，朝陽帶著露珠一齊來了！

我一說到蒿草或黃瓜，三郎就向我擺手或搖頭：「不，我們家，門前是兩棵柳樹，樹蔭交織著做成門形。再前面是菜園，過了菜園就是門。那金字塔形的山峰正向著我們家的門口，而兩邊像蝙蝠的翅膀似的向著村子的東方和西方伸展開去。而後園黃瓜、茄子也種著，最好看的是牽牛花在石頭橋的縫際爬遍了，早晨帶著露水牽牛花開了……」

「我們家就不這樣，沒有高山，也沒有柳樹……只有……」我常常這樣打斷他。

有時候，他也不等我說完，他就接下去。我們講的故事，彼此都好像是講給自己聽，而不是為著對方。

只有那麼一天，買來了一張〈東北富源圖〉掛在牆上了，染著黃色的平原上站著小馬、小羊，還有駱駝，還有牽著駱駝的小人；海上就是些小魚、大魚、黃色的魚，紅色的好像小瓶似的大肚的魚，還有黑色的大鯨魚；而興安嶺和遼寧一帶畫著許多和海濤似的綠色的山脈。

他的家就在離著渤海不遠的山脈中，他的指甲在山脈爬著：「這是大凌河……這是小凌河……哼……沒有，這個地圖是個不完全的，是個略圖……」

「好哇！天天說凌河，哪有凌河呢！」我不知為什麼一提到家鄉，常常願意給他掃興一點。

「你不相信！我給你看。」他去翻他的書櫥去了，「這不是大凌河……小凌河……小孩的時候在凌河沿上捉小魚，拿到山上去，在石頭上用火烤著吃……這邊就是沈家臺，離我們家二里路……」因為是把地圖攤在地板上看的緣故，一面說著，他一面用手掃著他已經垂在前額的髮梢。

〈東北富源圖〉就掛在床頭，所以第二天早晨，我一張開了眼睛，他就抓住了我的手：「我想將來我回家的時候，先買兩匹驢，一匹你騎著，一匹我騎著……先到我姑姑家，再到我姐姐家……順便也許看看我的舅舅去……我姐姐很愛我……她出嫁以後，每回來一次就哭一次，姐姐一哭，我也哭……這有七八年不見了！也都老了。」

那地圖上的小魚，紅的、黑的，都能夠看清，我一邊看著，一邊聽著，這一次我沒有打斷他，或給他掃一點興。

「買黑色的驢，掛著鈴子，走起來……鐺啷啷啷啷啷啷……」他形容著鈴音的時候，就像他的嘴裡邊含著鈴子似的在響。

「我帶你到沈家臺去趕集。那趕集的日子，熱鬧！驢身上掛著燒酒瓶……我們那邊，羊肉非常便宜……羊肉燉片粉……真有味道！唉呀！這有多少年沒吃那羊肉啦！」他的眉毛和額頭上起著很多皺紋。

我在大鏡子裡邊看了他，他的手從我的手上抽回去，放在他自己的胸上，而後又背著放在枕頭下面去，但很快地又抽出來。只理一理他自己的髮梢又放在枕頭上去。

而我，我想：「你們家對於外來的所謂『媳婦』也一樣嗎？」我想著這樣說了。

這失眠大概也許不是因為這個。但買驢子的買驢子，吃鹹鹽豆的吃鹹鹽豆，而我呢？坐在驢子上，所去的仍是生疏的地方，我停著的仍然是別人的家鄉。

家鄉這個觀念，在我本不甚切的，但當別人說起來的時候，我也就心慌了！雖然那塊土地在沒有成為日本的之前，「家」在我就等於沒有了。

這失眠一直繼續到黎明之前，在高射炮的聲中，我也聽到了一聲聲和家鄉一樣的震抖在原野上的雞鳴。

茶食店

黃桷樹鎮上開了兩家茶食店，一家先開的，另一家稍稍晚了兩天。第一家的買賣不怎樣好，因為那吃飯用的刀叉雖然還是閃光閃亮的外來品，但是別的玩意不怎樣全，就是說比方裝胡椒粉那種小瓷狗之類都沒有，醬油瓶是到臨用的時候，從這張桌又拿到那張桌的亂拿。牆上甚麼畫也沒有，只有一張好似從糖盒子上掀下來的花紙似的那麼一張外國美人圖，有一尺長不到半尺寬那麼大，就用一個圖釘釘在牆上的，其餘這屋裡的裝飾還有一棵大芭蕉。

這芭蕉第一天是綠的，第二天是黃的，第三天就腐爛了。

吃飯的人，第一天彼此說「還不錯」，第二天就說蒼蠅太多了一點，又過了一兩天，人們就對著那白盤子裡炸著的兩塊茄子，翻來覆去地看，用刀尖割一下，用叉子去叉一下。

「這是甚麼東西呢，兩塊茄子，兩塊洋山芋，這也算是一個菜嗎？就這玩意也要四角五分錢？真是天曉得。」

這西餐館只開了三五日，鎮上的人都感到不大滿意了。

這二家一開，那些鎮上的從城裡躲轟炸而來往在此地的人，和一些設在這鎮上學校或別的辦公廳的一些職員，當天的晚飯就在這裡吃的。

盤子、碗、桌布、茶杯、糖罐、醬醋瓶、連裝菸灰的瓷碟，都聚了三四個人在那裡搶著看……這家與那家的確不同，是裡外兩間屋，廚房在甚麼地方，使人看不見，煎菜的油煙也聞不到，牆上掛著兩張畫像是老闆自己畫的，看起來老闆頗懂藝術……並且剛一開業，就開了留聲機，這留聲機已經好幾個月沒有聽過了。從「五四」轟炸起，人們來到了這鎮上，過的就是鄉下人的生活。這回一聽好像這留聲機非常好，唱片也好像是全新的，聲音特別清楚。

一個湯上來了，「不錯，真是味道……」

第二個是豬排，這豬排和木片似的，有的人就你看看我，我看看你，想要對這豬排講點壞話。可是那唱著的是一個外國歌，很愉快，那調子帶了不少高低的轉彎，好像從來也未聽過似的那樣好聽，所以便對這硬的味道也沒有的豬排，大家也就吃下去了。

奶油和冰淇淋似的，又甜又涼，塗在麵包上，很有一種清涼的氣味，好像塗的是果子醬；那麵包拿在手裡不用動手去撕就往下掉著碎末，像用鋸末做的似的。大概是和利華藥皂放在一起運來的，但也還好吃，因為它終究是麵包，終究不是別的甚麼饅頭之類呀！

坐在這茶食店的裡間裡，那張長桌一端上的主人，從小白盤子裡拿起帳單看了一看。共統請了八位客人，才八塊多錢。

「這不多。」他說，從口袋裡取出十元票子來。

別人把眼睛轉過去，也說：「這不多……不算貴。」

臨出來時，推開門，還有一個頂願意對甚麼東西都估價的，還回頭看了看那擺在門口的痰盂。他說：「這家到底不錯，就這一隻痰盂吧，也要十幾塊錢。」（其實就是上海賣八角錢一個的）

這一次晚餐，一個主人和他的七八個客人都沒吃飽，但彼此都不發表，都說：「明天見，明天見。」

他們大家各自走散開了，一邊走著一邊有人從喉管往上衝著利華皂的氣味，但是他們想：「這不貴的，這倒不是西餐嗎！」而且那屋子多麼像個西餐的樣子，牆上有兩張外國畫，還有瓷痰盂，還有玻璃杯，那先開的那家還成嗎？還像樣子嗎？那買賣還成嗎？

他們腦筋鬧得很忙亂回家去了。

电子書購買 爽讀 APP

國家圖書館出版品預行編目資料

愛自己，一切都是自由的：只願蓬勃生活在此刻，蕭紅筆下的愛與自我 / 蕭紅 著 . -- 第一版 . -- 臺北市：崧燁文化事業有限公司 , 2024.03
面；　公分
POD 版
ISBN 978-626-394-029-1(平裝)
855　　113001536

愛自己，一切都是自由的：只願蓬勃生活在此刻，蕭紅筆下的愛與自我

臉書

作　　者：蕭紅
發 行 人：黃振庭
出 版 者：崧燁文化事業有限公司
發 行 者：崧燁文化事業有限公司
E-mail：sonbookservice@gmail.com
粉 絲 頁：https://www.facebook.com/sonbookss/
網　　址：https://sonbook.net/
地　　址：台北市中正區重慶南路一段六十一號八樓 815 室
Rm. 815, 8F., No.61, Sec. 1, Chongqing S. Rd., Zhongzheng Dist., Taipei City 100, Taiwan
電　　話：(02) 2370-3310　　**傳　　真**：(02) 2388-1990
印　　刷：京峯數位服務有限公司
律師顧問：廣華律師事務所 張珮琦律師

定　　價：399 元
發行日期：2024 年 03 月第一版
◎本書以 POD 印製
Design Assets from Freepik.com